花间集

〔后蜀〕赵崇祚 编
〔唐〕温庭筠等 著

四川文艺出版社

编辑说明

一、《花间集》版本众多，此版为青春版，专为青年读者所策划，休闲、通俗、青春气息浓厚为此版特色。

二、全书不再分卷。按照作者顺序自然排列。每位作者名下词作，按照词牌进行排列。

三、精选多幅配图，全彩印刷，充分贴合花间词细腻、典雅、唯美、精致的词学风格，力求全书呈现出浪漫的青春气息。

四、编选体例方面，保留了《花间集》的全部词作。

五、注解诠释方面，既参考众多版本，力求注释精准，又尽量精简数目，不让注释喧宾夺主。既保证青年读者能够进行无障碍阅读，又能够合适精准地捕捉和感悟到词句之精、意境之美。

六、此版本不出校勘手记。

七、此版本不加词话集评。

序

镂玉雕琼，拟化工而迥巧；裁花剪叶，夺春艳以争鲜。是以唱《云谣》则金母词清，挹霞醴则穆王心醉。名高《白雪》，声声而自合鸾歌；响遏行云，字字而偏谐凤律。《杨柳》《大堤》之句，乐府相传；《芙蓉》《曲渚》之篇，豪家自制。莫不争高门下，三千玳瑁之簪；竞富尊前，数十珊瑚之树。则有绮筵公子、绣幌佳人，递叶叶之花笺，文抽丽锦；举纤纤之玉指，拍按香檀。不无清绝之辞，用助娇娆之态。

自南朝之宫体，扇北里之倡风。何止言之不文，所谓秀而不实。有唐已降，率土之滨，家家之香径春风，宁寻越艳；处处之红楼夜月，自锁嫦娥。在明皇朝，则有李太白应制《清平乐》调四首，近代温飞卿，复有《金筌集》。迩来作者，无愧前人。

今卫尉少卿字弘基，以拾翠洲边，自得羽毛之异；织绡泉底，独殊机杼之功。广会众宾，时延佳论。因集近来诗客曲子词五百首，分为十卷。以炯粗预知音，辱请命题，仍为叙引。昔郢人有歌《阳春》者，号为绝唱。乃命之为《花间集》，庶使西园英哲，用资羽盖之欢；南国婵娟，休唱莲舟之引。

唐广政三年夏四月，大蜀欧阳炯序。

目录

contents

温庭筠

温庭筠（约801—866），本名岐，字飞卿，晚唐诗人、花间派词人。自幼好学，长于诗词，喜讥刺权贵，多触忌讳。由于形貌奇丑，因号“温钟馗”。他在政治上遭受到统治者的种种压迫，郁郁不得志，屡试进士不第，官仅至国子助教。词风华丽浓艳，而其词的题材内容，主要是以描写美人的苦闷情绪、追求真诚的爱情为主。温庭筠诗风上承唐朝诗歌传统，下启五代文人填词风气之先，作为词人的地位很高。

菩萨蛮

其一

小山重叠[1]金明灭[2]，鬓云欲度[3]香腮雪。懒起画蛾眉，弄妆梳洗迟。

照花前后镜，花面交相映。新帖绣[4]罗襦[5]，双双金鹧鸪[6]。

其二

水晶帘里玻璃枕，暖香惹梦鸳鸯锦。江上柳如烟，雁飞残月天。

藕丝秋色浅[7]，人胜[8]参差剪。双鬓隔香红[9]，玉钗头上风[10]。

1 小山重叠：形容女子发髻的层次。
2 金明灭：形容女子头饰斑斓。一说描写屏风，画屏在晨曦的映照下忽明忽暗。
3 欲度：将掩未掩的样子。
4 帖绣："帖"通"贴"，苏绣中的一种工艺。
5 罗襦（rú）：丝绸短袄。
6 鹧（zhè）鸪（gū）：鸟名，古人谐其鸣声为"行不得也哥哥"，比喻恋人间的离别愁绪。
7 藕丝秋色浅：指女子衣裙的颜色。
8 人胜：又叫花胜，用彩纸或金箔剪刻而成的一种人形饰品，可以贴在屏风上，也可以戴在发鬓上。
9 香红：指花。
10 风：摇曳。

其三

蕊黄[1]无限当山额，宿妆[2]隐笑纱窗隔。相见牡丹时[3]，暂来还别离。

翠钗金作股，钗上蝶双舞。心事竟谁知？月明花满枝。

其四

翠翘金缕双鸂鶒[4]，水纹细起春池碧。池上海棠梨，雨晴红满枝。

绣衫遮笑靥[5]，烟草[6]粘飞蝶。青琐[7]对芳菲，玉关[8]音信稀。

1 蕊黄：即额黄。古代妇女化妆主要是施朱傅粉，六朝时兼尚黄色，常点额黄，沿至唐朝。

2 宿妆：隔夜的妆饰，残妆。

3 牡丹时：牡丹开花的时节，即暮春三月。

4 鸂（xī）鶒（chì）：水鸟，似鸳鸯但比鸳鸯略大，多紫色，喜雌雄并游，又名紫鸳鸯。

5 靥（yè）：笑时面颊上的酒窝。

6 烟草：指春草细柔如烟。

7 青琐：泛指华美的窗户。此处借指华贵之家。

8 玉关：即玉门关，代指边关。

其五

杏花含露团香雪[1]，绿杨陌上多离别。灯在月胧明，觉来闻晓莺。

玉钩褰[2]翠幕，妆浅旧眉薄[3]。春梦正关情，镜中蝉鬓[4]轻。

其六

玉楼明月长相忆，柳丝袅娜春无力。门外草萋萋[5]，送君闻马嘶。

画罗金翡翠，香烛销成泪。花落子规[6]啼，绿窗[7]残梦迷。

1 香雪：杏花白，故比作香雪。

2 褰（qiān）：揭起。

3 旧眉薄："旧眉"指前一天画的黛眉，因隔夜而颜色变浅。

4 蝉鬓（bìn）：此处形容古代美女的发式，指发型梳整得很美观，鬓发薄如蝉翼。

5 萋萋：形容草长得茂盛。

6 子规：鸟名，即杜鹃，叫声凄绝，据说啼时流血不止。

7 绿窗：绿色纱窗，借指女子居室。

其七

凤凰相对盘金缕，牡丹一夜经微雨。明镜照新妆，鬓轻双脸长[1]。

画楼相望久，栏外垂丝柳。音信不归来，社[2]前双燕回。

其八

牡丹花谢莺声歇，绿杨满院中庭月。相忆梦难成，背窗灯半明。

翠钿金压脸[3]，寂寞香闺掩。人远泪阑干[4]，燕飞春又残。

1 双脸长：指脸颊消瘦。

2 社：古代谓土地神，引申为祭祀社神的节日，即社日。有春社、秋社之分，此处谓春社。

3 金压脸：金玉饰物下垂遮住了脸。

4 泪阑（lán）干：比喻泪流满面的样子。

其九

满宫明月梨花白，故人万里关山隔。金雁[1]一双飞，泪痕沾绣衣。

小园芳草绿，家住越溪曲[2]。杨柳色依依，燕归君不归。

其十

宝函[3]钿雀金鸂鶒，沉香阁上吴山碧。杨柳又如丝，驿桥春雨时。

画楼音信断，芳草江南岸。鸾镜与花枝[4]，此情谁得知？

1 金雁：指绣衣上的图案，此处指远方亲人来函。

2 曲：深隐处。

3 宝函：即枕套。一说指梳妆盒。

4 花枝：女子对镜照见自己所簪戴的花。借指这位女子。

其十一

南园满地堆轻絮，愁闻一霎清明雨。雨后却斜阳，杏花零落香。

无言匀睡脸，枕上屏山[1]掩。时节欲黄昏，无憀[2]独倚门。

其十二

夜来皓月才当午[3]，重帘悄悄无人语。深处麝烟长，卧时留薄妆。

当年还自惜，往事那堪忆。花露月明残，锦衾[4]知晓寒。

1 屏山：如屏之山，指屏风；床头小屏，亦名枕屏、枕障。

2 无憀：即无聊。憀，通“聊”。

3 当午：指月亮悬于正中天。

4 锦衾：锦制的被子。

其十三

雨晴夜合[1]玲珑[2]日，万枝香袅红丝拂[3]。闲梦忆金堂，满庭萱草[4]长。

绣帘垂簏簌[5]，眉黛远山绿。春水渡溪桥，凭栏魂欲销。

其十四

竹风轻动庭除[6]冷，珠帘月上玲珑影。山枕[7]隐[8]秾妆，绿檀金凤凰。

两蛾愁黛浅，故国吴宫远。春恨正关情，画楼残点声[9]。

1 夜合：合欢花的别称，又名合昏。古时赠人，以消怨和好。
2 玲珑：空明。
3 红丝拂：指夜合花下垂飘动。
4 萱草：草本植物，俗称黄花菜，传说能使人忘忧。
5 簏（lù）簌（sù）：下垂貌。此处指帘子下垂的穗子、流苏一类的饰物。
6 除：台阶。
7 山枕：枕头形状如山。
8 隐：隐没。
9 残点声：即漏壶滴水将尽的声音。表示天将明时，漏尽更残。

更漏子

其一

柳丝长，春雨细，花外漏声[1]迢递[2]。惊塞雁[3]，起城乌[4]，画屏金鹧鸪。

香雾薄，透帘幕，惆怅谢家池阁。红烛背，绣帘垂，梦长君不知。

其二

星斗[5]稀，钟鼓歇，帘外晓莺残月。兰露重，柳风斜，满庭堆落花。

虚阁[6]上，倚阑[7]望，还似去年惆怅。春欲暮，思无穷，旧欢如梦中。

1 漏声：漏壶滴漏声。一说指雨声。
2 迢（tiáo）递：遥远。
3 塞雁：北雁，春来北飞。
4 城乌：城头上的乌鸦。城，一作“寒”。
5 星斗：即星星。
6 虚阁：空阁。
7 倚阑：即“倚栏”。

其三

金雀钗，红粉面，花里暂时相见。知我意，感君怜[1]，此情须问天。

香作穗[2]，蜡成泪，还似两人心意。山枕腻[3]，锦衾寒，觉来更漏残。

其四

相见稀，相忆久，眉浅淡烟如柳。垂翠幕，结同心，侍郎熏绣衾。

城上月，白如雪，蝉鬓美人愁绝。宫树暗[4]，鹊桥[5]横，玉签初报明。

1 怜：爱。

2 香作穗：指香烧成了灰烬，像穗子一样坠落下来。此处形容男子心冷如香灰。

3 山枕腻：指枕头为泪水所污。腻，指泪污。

4 宫树暗：破晓时庭院中的树影转暗。

5 鹊桥：指银河。银河横斜，谓夜将尽，天将明。

其五

背江楼，临海月，城上角声呜咽。堤柳动，岛烟昏[1]，两行征雁分。

西陵路，归帆渡，正是芳菲欲度。银烛尽，玉绳[2]低，一声村落鸡。

其六

玉炉香，红蜡泪，偏照画堂秋思。眉翠薄，鬓云[3]残，夜长衾枕寒。

梧桐树，三更雨，不道[4]离情正苦。一叶叶，一声声，空阶滴到明。

1 岛烟昏：指水中洲岛夜雾朦胧。

2 玉绳：星名，北斗第五星（玉衡）的北边两星。

3 鬓云：鬓发如云。

4 不道：不管、不理会的意思。

归国遥

其一

香玉[1]，翠凤宝钗垂䍦簌。钿筐交胜[2]金粟，越罗[3]春水绿。

画堂照帘残烛，梦余更漏促。谢娘[4]无限心曲，晓屏山断续。

其二

双脸[5]，小凤战篦金飐艳[6]。舞衣无力风敛，藕丝秋色染。

锦帐绣帷斜掩，露珠清[7]晓簟。粉心黄蕊花靥[8]，黛眉山两点。

1 香玉：泛指头上精美的首饰。
2 交胜：彩胜在头上交错戴着。
3 越罗：古越国（苏杭一带）之地所产罗绸，轻薄美观。
4 谢娘：指美丽的少妇。
5 双脸：两鬓。
6 金飐（zhǎn）艳：金光闪闪，艳丽耀眼。
7 清：使簟席清凉，形容词使动用法。
8 花靥：妇女贴了妆饰物的脸颊。

酒泉子

其一

花映柳条，闲向绿萍池上。凭阑干，窥细浪，雨萧萧[1]。

近来音信两疏索，洞房空寂寞。掩银屏，垂翠箔[2]，度春宵。

其二

日映纱窗，金鸭[3]小屏山碧。故乡春，烟霭[4]隔，背[5]兰釭[6]。

宿妆惆怅倚高阁，千里云影薄。草初齐，花又落，燕双双。

1 萧萧：形容细雨连绵。
2 箔（bó）：指竹帘子。
3 金鸭：如鸭形的香炉。
4 烟霭（ǎi）：云气，这里指室内的烟雾。
5 背：指闭灭。
6 兰釭（gāng）：焚兰香膏油的灯。

其三

楚女不归，楼枕小河春水。月孤明，风又起，杏花稀。

玉钗斜篸[1]云鬟[2]重，裙上金缕凤。八行书[3]，千里梦，雁南飞。

其四

罗带[4]惹[5]香，犹系别时红豆。泪痕新，金缕旧，断离肠。

一双娇燕语雕梁，还是去年时节。绿阴浓，芳草歇[6]，柳花狂。

1 斜篸（zān）：斜插。篸，通“簪”，此处用作动词。

2 云鬟（huán）：高耸的环形发髻。

3 八行书：信札的代称。古代信笺每页八行。

4 罗带：古时妇女束腰的丝织带，可结同心，象征定情，故又是情人赠别的物件。

5 惹：引，这里有带来之意。

6 歇：散发。

定西番

其一

汉使[1]昔年离别，攀弱柳[2]，折寒梅[3]，上高台[4]。

千里玉关春雪，雁来人不来。羌笛一声愁绝，月徘徊[5]。

其二

海燕欲飞调羽，萱草绿，杏花红，隔帘栊[6]。

双鬓翠霞金缕，一枝春艳浓。楼上月明三五，琐窗中。

1 汉使：本指汉朝出使西域的官员，这里泛指远戍西陲的将士。

2 攀弱柳：古人有折柳赠别的习俗。

3 折寒梅：折梅花以赠远人。

4 上高台：登台遥望，以寄乡思。

5 月徘徊：指月亮也被凄怨的笛声所感动而在空中徘徊。

6 帘栊：有帘之窗。

其三

细雨晓莺春晚，人似玉，柳如眉，正相思。

罗幕翠帘初卷，镜中花一枝。肠断[1]塞门消息，雁[2]来稀。

1 肠断：表示极度关切。

2 雁：此语意双关，咏雁兼指书信。

杨柳枝

其一

宜春苑外最长条[1]，闲袅春风伴舞腰。正是玉人肠断处，一渠春水赤栏桥[2]。

其二

南内墙东御路旁，须知春色柳丝黄。杏花未肯无情思，何事[3]行[4]人最断肠。

1 长条：指细长柔软的柳枝。
2 赤栏桥：长安城郊桥名，后多指男女或朋友相会之处。
3 何事：何用，何须。
4 行：一作“情”。

其三

苏小[1]门前柳万条，毵毵[2]金线[3]拂平桥。黄莺不语东风起，深闭朱门伴舞腰。

其四

金缕[4]毵毵碧瓦[5]沟，六宫眉黛[6]惹香愁。晚来更带龙池雨，半拂阑干半入楼。

1 苏小：即苏小小，六朝时南齐名妓。

2 毵（sān）毵：垂拂纷披的样子，形容杨柳细长的枝叶。

3 金线：指初吐芽的柳丝。

4 金缕：指春天嫩绿色的柳条。

5 碧瓦：青绿色的琉璃瓦。

6 眉黛：同粉黛，指代妇女。

其五

馆娃宫[1]外邺城西，远映征帆近拂堤。系得王孙归意切，不关芳草绿萋萋。

其六

两两黄鹂色似金，袅枝[2]啼露[3]动芳音。春来幸自长如线，可惜[4]牵缠荡子[5]心。

1 馆娃宫：春秋时吴国宫名。
2 袅枝：婆娑婀娜的柳枝。
3 啼露：指柳枝沾露，黄鹂啼鸣其上。
4 可惜：可爱。
5 荡子：久行于外忘返之人。

其七

御柳[1]如丝映九重[2]，凤凰窗映绣芙蓉。景阳楼畔千条路，一面新妆[3]待晓风。

其八

织锦[4]机边莺语频，停梭垂泪忆征[5]人。塞[6]门三月犹萧索，纵有垂杨未觉春。

1 御柳：皇宫中的柳树。
2 九重：指宫禁，极言其深远。
3 一面新妆：清一色的新妆。
4 织锦：暗用前秦苏蕙织锦为回文璇玑图的典故。
5 征：一作“行”。
6 塞：一作“寒”。

南歌子

其一

手里金鹦鹉，胸前绣凤凰。偷眼[1]暗形相[2]。不如从嫁与[3]，作鸳鸯。

其二

似带如丝柳，团酥握雪花[4]。帘卷玉钩斜，九衢[5]尘欲暮，逐香车。

1 偷眼：偷偷瞥视，窥望。
2 形相：端详，观察。
3 从嫁与：嫁给他。从，跟、随。
4 握雪花：形容手上也着脂粉，如握雪花之洁白。
5 衢（qú）：四通八达的大路。

其三

鬓堕低梳髻，连娟[1]细扫眉。终日两相思，为君憔悴尽，百花时。

其四

脸上金霞[2]细[3]，眉间翠钿[4]深。欹枕[5]覆鸳衾，隔帘莺百啭[6]，感君心。

1 连娟：或作“联娟”，微曲的样子，形容女子眉毛弯曲细长，秀丽俊俏。

2 金霞：指帐中的饰物灿烂生辉，光彩照人。一说指两颊妆色匀称，有光泽，若彩霞状。

3 细：清淡。古代女妆有浓、淡二种。

4 翠钿（diàn）：唐宋女子的一种面饰，用绿色花钿粘在眉心，或制成小圆形贴在嘴边酒窝的地方。

5 欹（yī）枕：斜靠在枕头上。欹，一作“倚”。

6 百啭（zhuàn）：形容声音婉转动听。啭，一作“转”。

其五

扑蕊[1]添黄子[2]，呵花[3]满翠鬟[4]。鸳枕映屏山，月明三五夜[5]，对芳颜。

其六

转盼[6]如波眼，娉婷似柳腰。花里暗相招[7]，忆君肠欲断，恨春宵。

1 扑蕊：谓取花蕊以增额黄之色。
2 黄子：即额黄，古代妇女额间点黄。
3 呵花：用口吹吹花朵，写戴花的动作。
4 翠鬟（huán）：头发所梳的形状。翠，形容发色光润青黑。
5 三五夜：十五月圆之夜。
6 转盼：目光左右扫视。盼，一作“眄”。
7 暗相招：偷偷地相互打招呼邀约。此处指幽会。

其七

懒拂[1]鸳鸯枕，休缝翡翠裙。罗帐罢[2]炉熏，近来心更切，为思君。

1 拂：放置。
2 罢：停止。

河渎神

其一

河上望丛祠[1]，庙前春雨来时。楚山无限鸟飞迟，兰棹[2]空伤别离。

何处杜鹃啼不歇？艳红开尽如血。蝉鬓美人愁绝，百花芳草佳节。

其二

孤庙对寒潮，西陵风雨萧萧。谢娘[3]惆怅倚兰桡[4]，泪流玉箸千条。

暮天愁听思归乐[5]，早梅香满山郭。回首两情萧索[6]，离魂何处飘泊？

1 丛祠：建在树丛中的古祠。一解为很多庙宇。

2 兰棹：指用兰香木所造的船，泛指精美的船。

3 谢娘：此处指船娘。

4 兰桡（ráo）：划船的桨。这里是指船边。

5 思归乐：这里指杜鹃啼声。杜鹃鸟叫声，近似“不如归去”，所以有“思归乐”之名。

6 萧索：缺乏生气，这里有冷淡的意思。

其三

铜鼓赛神来，满庭幡盖徘徊。水村江浦[1]过风雷[2]，楚山如画烟开。

离别橹声[3]空萧索，玉容[4]惆怅妆薄[5]。青麦[6]燕飞落落[7]，卷帘愁对珠阁。

1 浦：水滨。

2 风雷：形容迎神之车马声如风雷震荡。

3 橹（lǔ）声：离别时船桨击水的声音。

4 玉容：如花似玉之容貌，借指美女。

5 妆薄：指容妆淡褪。

6 青麦：麦青时节，约夏历三月，已近暮春。

7 落落：形容燕子飞行时悠然自在的样子。一说“众多貌”。

女冠子

其一

含娇含笑，宿翠残红窈窕，鬓如蝉。寒玉簪秋水，轻纱卷碧烟。

雪胸鸾镜里，琪树[1]凤楼[2]前。寄语[3]青娥[4]伴，早求仙。

其二

霞帔[5]云发，钿镜仙容似雪，画愁眉。遮语[6]回轻扇，含羞下绣帏。

玉楼[7]相望久，花洞恨来迟。早晚乘鸾去，莫相遗。

1 琪树：仙家的玉树。

2 凤楼：泛指华丽的楼阁。这里是指仙家所居之楼。

3 寄语：传信。

4 青娥：指美丽的少女。

5 霞帔（pèi）：古代妇女的一种服饰，类似披肩，以纱罗制成。其形状如彩虹绕过头颈，披挂在胸前，下垂一颗玉坠子。因其有云霞样花纹，故名。

6 遮语：以扇子遮着脸说话，言其害羞的情态。

7 玉楼：传说中天帝或仙人的居所。此指女道士所居之处。

玉蝴蝶

秋风凄切伤离，行客未归时。塞外草先衰，江南雁[1]到迟。

芙蓉凋嫩脸，杨柳堕新眉。摇落[2]使人悲，断肠谁得知？

1 雁：候鸟名。此处暗喻行客书信，一语双关。

2 摇落：凋残，零落。

清平乐

其一

上阳[1]春晚，宫女愁蛾[2]浅。新岁清平[3]思同辇[4]，争奈[5]长安路远。

凤帐鸳被徒[6]熏[7]，寂寞花锁千门。竞把黄金买赋[8]，为妾将上明君。

其二

洛阳愁绝，杨柳花飘雪。终日行人恣攀折[9]，桥下水流呜咽。

上马争劝离觞[10]，南浦[11]莺声断肠。愁杀平原年少[12]，回首挥泪千行。

1 上阳：唐代宫名，今洛阳市境内。

2 愁蛾：带愁的蛾眉。

3 清平：世道太平。

4 辇（niǎn）：古时用人力拉的车子，后多用来指皇帝坐的车。

5 争奈：怎奈，怎能奈何，“没有办法”的意思。

6 徒：空，白白地。

7 熏（xūn）：加热香草、香料使之发烟，以其烟熏制衣被，使衣被染有香气。

8 黄金买赋：典出司马相如《长门赋序》：“汉武皇帝陈皇后，时得幸颇妒，别在长门宫，愁闷悲思，闻蜀郡司马相如天下工为文，奉黄金百斤，为相如文君取酒，因于解悲愁之辞，而相如为文以悟主上，陈皇后复得幸。”

9 恣（zì）攀折：任意攀折。恣，一作“争”。

10 离觞（shāng）：饯别之酒。

11 南浦：南面的水边。后常用称送别之地。

12 平原年少：泛指贵族子弟，这里指远行的人。

遐方怨

其一

凭绣槛[1]，解罗帏。未得君书，肠断，潇湘春雁飞。
不知征马[2]几时归。海棠花谢也，雨霏霏。

其二

花半坼[3]，雨初晴。未卷珠帘，梦残，惆怅闻晓莺。
宿妆眉浅粉山横。约鬟[4]鸾镜里，绣罗轻。

1　绣槛：雕绘华美的栏杆。
2　征马：以“征马”指代“征人”。
3　半坼：这里指花朵半开。
4　约鬟（huán）：即束发为鬟髻，未嫁少女多用此发型。约，缠束。

诉衷情

莺语，花舞，春昼午，雨霏微。金带枕，宫锦，凤凰帷。柳弱燕交飞[1]，依依。辽阳音信稀，梦中归[2]。

1 燕交飞：谓燕子上下双飞，交互嬉戏。

2 梦中归：梦中见到征夫归来。

思帝乡

花花满枝，红似霞。罗袖画帘肠断，卓香车[1]。回面共人闲语，战篦[2]金凤斜。唯有阮郎[3]，春尽不归家。

1 卓香车：站在散发芬芳的车上。

2 战篦（bì）：装饰在女子头上微微颤动的篦子。

3 阮郎：泛指心爱的男子。此处借指远游未归之人。

梦江南

其一

千万恨，恨[1]极在天涯。山月不知心里事，水风空落眼前花，摇曳[2]碧云[3]斜。

其二

梳洗罢，独倚望江楼。过尽千帆皆不是，斜晖[4]脉脉[5]水悠悠，肠断白蘋[6]洲。

1 恨：离恨。
2 摇曳：犹言摇荡、动荡。
3 碧云：青云。
4 斜晖：日落前的日光。
5 脉脉：含情凝视、情意绵绵的样子。这里形容阳光微弱。
6 白蘋（pín）：水中浮草，色白。古时男女常采蘋花赠别。

河传

其一

江畔，相唤，晓妆鲜。仙景个女[1]采莲，请君莫向那岸边。少年，好花新满船。

红袖摇曳逐风暖，垂玉腕[2]，肠向柳丝断。浦南归，浦北归？莫知，晚来人已稀。

其二

湖上，闲望，雨萧萧。烟浦[3]花桥路遥。谢娘[4]翠蛾愁不销。终朝[5]，梦魂迷晚潮。

荡子[6]天涯归棹远，春已晚，莺语肠空断。若耶溪，溪水西，柳堤，不闻郎马嘶。

1 个女：那个或那些女子。
2 玉腕：洁白温润的手腕，亦借指美人的手。
3 烟浦：云烟笼罩的水滨。
4 谢娘：此指游春女。
5 终朝：一整天。
6 荡子：古代女子用此称自己远行不归或流荡忘返的丈夫。

其三

同伴，相唤，杏花稀。梦里每愁依违[1]，仙客一去燕已飞。不归，泪痕空满衣。

天际云鸟引情远[2]，春已晚，烟霭渡南苑。雪梅香，柳带长，小娘[3]，转令[4]人意伤。

1 依违：原意是形容声音忽离忽合。这里是指人的离合，重在离。一说指迟疑不决。

2 引情远：使人觉得晴空宽阔辽远，含有将感情引到远方之意。

3 小娘：旧称歌妓。此处指少女。

4 转令：犹更令，更使。

番女怨

其一

万枝香雪[1]开已遍，细雨双燕。钿蝉筝[2]、金雀扇，画梁相见。雁门消息不归来，又飞回。

其二

碛[3]南沙上惊雁起，飞雪千里。玉连环、金镞箭[4]，年年征战。画楼离恨锦屏空，杏花红。

1 香雪：指春天白色的花朵，杏花或梨花一类。
2 钿蝉筝：镶嵌着金蝉的筝。
3 碛（qì）：浅水中的沙石，这里指边塞荒漠之地。
4 金镞（zú）箭：装有金属箭头的箭。

荷叶杯

其一

一点露珠凝冷[1]，波影，满池塘。绿茎红艳两相乱，肠断[2]，水风凉。

其二

镜水夜来秋月，如雪[3]，采莲时。小娘红粉对寒浪[4]，惆怅，正思惟[5]。

1 凝冷：凝聚着清冷。犹冷森森，含着凉气。
2 肠断：这里是魂断之意，形容神情入迷。
3 如雪：指月光。
4 寒浪：寒凉的水波。
5 思惟：思量，思念。

其三

楚女欲归南浦，朝雨，湿愁红[1]。小船摇漾入花里，波起，隔西风[2]。

1 湿愁红："红"指荷花，即雨湿带愁的荷花。

2 隔西风：小船已去远，隔风相望。

皇甫松

皇甫松（生卒年不详），字子奇，自号檀栾子，睦州新安（今浙江淳安）人。他是工部侍郎皇甫湜之子，宰相牛僧孺之外甥。其词今存二十余首，见于《花间集》《唐五代词》。

天仙子

其一

晴野鹭鸶飞一只，水葓[1]花发秋江碧。刘郎[2]此日别天仙，登绮席[3]。泪珠滴，十二晚峰[4]高历历。

其二

踯躅花开红照水，鹧鸪飞绕青山觜[5]。行人经岁始归来，千万里。错相倚[6]，懊恼天仙应有以[7]。

1 水葓（hóng）：植物名，高五六尺，叶大，茎叶带红色，秋日开花，红色或白色。
2 刘郎：指刘晨，此处泛指所爱之士。
3 登绮席：谓刘郎离开仙境来到人间。一说仙女登上饯别的绮席。
4 十二晚峰：指巫山十二峰。
5 青山觜（zuǐ）：山口。觜，同“嘴”。
6 错相倚：言天仙错依靠了人间的刘晨、阮肇，不能白头偕老。
7 以：因，缘由。

浪涛沙

其一

滩头细草接疏林，浪恶[1]罾[2]船半欲沉。宿鹭眠鸥[3]非旧浦，去年沙觜[4]是江心。

其二

蛮歌豆蔻北人愁，蒲雨杉风野艇秋。浪起䴔䴖[5]眠不得，寒沙细细入江流。

1 浪恶：形容浪翻腾得很猛。

2 罾（zēng）：渔网。

3 宿鹭眠鸥：这里指欲睡的水鸟。

4 沙觜：谓岸沙与水相接处。

5 䴔䴖（jiāo jīng）：一种水鸟，头颈皆赤褐色，体上面多白，胸背有疏松之毛，杂有绿色，喙长脚高，产于我国南部，又名赤头鹭、茭鸡。

杨柳枝

其一

春入行宫[1]映翠微，玄宗侍女舞烟丝[2]。如今柳向空城绿，玉笛何人更把吹[3]？

其二

烂漫春归水国[4]时，吴王宫殿柳丝垂。黄莺长叫空闺畔，西子[5]无因更得知。

1 行宫：皇帝出行时所住宿的处所。

2 舞烟丝：指宫女舞腰袅娜，如烟柳之丝。

3 更把吹：再把玉笛吹。

4 水国：水乡，指吴越一带，水网湖泊地区。

5 西子：西施。春秋时越国美女。

摘得新

其一

酌一卮[1]，须教玉笛吹。锦筵红蜡烛，莫来迟。繁红[2]一夜经风雨，是空枝。

其二

摘得新，枝枝叶叶春。管弦兼美酒，最关人[3]。平生都得几十度，展香茵[4]。

1 酌一卮：饮上一杯酒。

2 繁红：指开得烂漫的各种鲜花。

3 关人：关系到人的情怀，与“关情”同义。

4 茵：垫子，褥子。

梦江南

其一

兰烬[1]落，屏上暗红蕉[2]。闲梦江南梅熟日，夜船吹笛雨萧萧。人语驿边桥。

其二

楼上寝，残月[3]下帘旌。梦见秣陵[4]惆怅事，桃花柳絮满江城。双髻[5]坐吹笙。

1 兰烬：烛火的灰烬，因烛光似兰，故称。
2 暗红蕉：谓更深烛尽，画屏上的美人蕉模糊莫辨。
3 残月：此处指快要落下的月亮。
4 秣陵：金陵，今江苏南京。
5 双髻：少女的发式。这里代指少女。

采莲子

其一

菡萏[1]香莲十顷陂[2]举棹，小姑贪戏采莲迟年少。晚来弄水船头湿举棹，更脱红裙裹鸭儿年少[3]。

其二

船动湖光滟滟秋举棹，贪看年少信船流[4]年少。无端[5]隔水抛莲子举棹，遥被人知半日羞年少。

1 菡萏（hàn dàn）：荷花。

2 陂（bēi）：池塘。

3 举棹、年少：均无实际意思，是采莲歌中的“和声”，如今人唱号子时“嘿嗬”“哟嗬”之类。

4 信船流：任船随波逐流。

5 无端：无故，没来由。

韦庄

韦庄（约836—910），字端己，谥文靖。唐末五代诗人、词人。诗人韦应物的四代孙。其诗极富画意，词尤工。与温庭筠同为“花间派”重要词人，存诗三百二十余首，有《浣花集》。

浣溪沙

其一

清晓[1]妆成寒食天，柳毬[2]斜袅间花钿，卷帘直出画堂前。

指点牡丹初绽朵，日高犹自凭朱栏，含嚬[3]不语恨春残。

其二

欲上鞦韆[4]四体慵，拟教人送又心忪[5]。画堂帘幕月明风。

此夜有情谁不极[6]，隔墙梨雪又玲珑，玉容憔悴惹[7]微红。

1 清晓：清晨。

2 柳毬：妇女头上的一种饰品。

3 嚬（pín）：同“颦”，皱眉。

4 鞦韆：即秋千。

5 忪（zhōng）：惊惧。

6 极：心迫急。

7 惹：引出，这里是“带着”的意思。

其三

惆怅梦余山月斜，孤灯照壁背[1]窗纱，小楼高阁谢娘[2]家。

暗想玉容何所似，一枝春雪冻梅花，满身香雾簇朝霞。

其四

绿树藏莺莺正啼，柳丝斜拂白铜堤，弄珠江[3]上草萋萋。

日暮饮归[4]何处客？绣鞍骢马[5]一声嘶，满身兰麝醉如泥。

1 背：暗，即灯光暗淡。

2 谢娘：唐代有名的妓女，本名谢秋娘，李德裕的小妾，此处泛指妓女。

3 弄珠江：泛指江流。

4 饮归：宴饮后归去。

5 骢（cōng）马：青白色的马。

其五

夜夜相思更漏残[1]，伤心明月凭阑干，想君思我锦衾寒。

咫尺画堂深似海，忆来惟把旧书看，几时携手[2]入长安？

1 更漏残：古时以传漏报更，刻漏将尽。指夜已深、天将晓。

2 携手：牵手。指何时能重逢，同归故乡。

菩萨蛮

其一

红楼别夜堪惆怅[1]，香灯[2]半卷流苏帐。残月出门时，美人和泪辞。

琵琶金翠羽，弦上黄莺语[3]。劝我早归家，绿窗[4]人似花。

其二

人人尽说江南好，游人只合[5]江南老。春水碧于天[6]，画船听雨眠。

垆边[7]人似月，皓腕凝霜雪[8]。未老莫还乡，还乡须[9]断肠。

1 堪惆怅：指因失意或失望而伤感、懊恼。
2 香灯：即长明灯。
3 弦上黄莺语：此句是指琵琶之声犹如黄莺的啼叫。
4 绿窗：指贫女的闺室。与红楼相对，红楼为富家女子的闺室。
5 只合：只应。
6 碧于天：一片碧绿，胜过天色。
7 垆边：指酒家。
8 皓腕凝霜雪：形容双臂洁白如雪。
9 须：必定，肯定。

其三

如今却忆江南乐，当时年少春衫薄。骑马倚斜桥，满楼红袖[1]招。

翠屏金屈曲，醉入花丛宿。此度见花枝[2]，白头誓不归。

其四

劝君今夜须沉醉，尊前[3]莫话明朝事。珍重主人心，酒深情亦深。

须愁春漏[4]短，莫诉[5]金杯满。遇酒且呵呵[6]，人生能几何！

1 红袖：指代少女。这里指青楼中妓女之类。
2 花枝：比喻所钟爱的女子。
3 尊前：酒席前。
4 漏：刻漏，指代时间。
5 莫诉：不要推辞。
6 呵呵（huōhuō）：笑声。这里是指“得过且过”。

其五

洛阳城里春光好，洛阳才子[1]他乡老。柳暗魏王堤，此时心转迷。

桃花春水渌[2]，水上鸳鸯浴。凝恨对残晖，忆君君不知。

1 洛阳才子：西汉时洛阳人贾谊，年十八能诵诗书，长于写作，人称“洛阳才子”。这里指作者本人，作者早年寓居洛阳。

2 渌：一作“绿”，水清的样子。

归国遥

其一

春欲暮，满地落花红带雨[1]。惆怅玉笼鹦鹉，单栖[2]无伴侣。

南望去程何许[3]？问花花不语。早晚得同归去，恨无双翠羽。

其二

金翡翠[4]，为我南飞传我意。罨画[5]桥边春水，几年花下醉？

别后只知相愧[6]，泪珠难远寄。罗幕绣帏鸳被，旧欢如梦里。

1 红带雨：落花夹杂着雨点。

2 单栖：独处。

3 何许：何处。

4 金翡翠：此指神话中的青鸟，古诗词中常代指传信的使者。

5 罨（yǎn）画：彩色画。

6 相愧：相互感到惭愧，这里偏重于己方，有自感惭愧之意。

其三

春欲晚，戏蝶游蜂花烂漫。日落谢家池馆[1]，柳丝金缕断[2]。

睡觉绿鬟风乱[3]，画屏云雨散。闲倚博山[4]长叹，泪流沾皓腕。

1 谢家池馆：即谢娘家之意，这里指妓女家。
2 金缕断：指柳丝被行人折断用以赠别。
3 风乱：纷乱。如风吹散的意思。
4 博山：香炉。

应天长

其一

绿槐阴里黄莺语，深院无人春昼午[1]。画帘垂，金凤舞，寂寞绣屏香一炷。

碧天云[2]，无定处，空有梦魂来去。夜夜绿窗风雨，断肠君信[3]否？

其二

别来半岁音书绝，一寸离肠[4]千万结。难相见，易相别，又是玉楼[5]花似雪。

暗相思，无处说，惆怅夜来烟月[6]。想得此时情切，泪沾红袖黦。

1 春昼午：春季白天正午的时候。
2 碧天云：这里用以比喻所怀念的人。
3 信：相信，这里有“君能否理解和体贴我”的意思。
4 离肠：犹离情。
5 玉楼：即闺楼。
6 烟月：指月色朦胧。

荷叶杯

其一

绝代佳人难得，倾国，花下见无期。一双愁黛[1]远山眉，不忍更思惟[2]。

闲掩翠屏金凤，残梦，罗幕画堂空。碧天无路信难通，惆怅旧房栊[3]。

其二

记得那年花下，深夜，初识谢娘[4]时。水堂西面画帘垂，携手暗相期。

惆怅晓莺残月[5]，相别，从此隔音尘[6]。如今俱是异乡人，相见更无因[7]。

1 愁黛：带愁绪的眉毛。
2 思惟：相思。
3 房栊：房里的窗户。
4 谢娘：晋王凝之妻谢道韫有文才，后人也称才女为“谢娘”。
5 残月：谓将落的月亮。
6 隔音尘：即音信断绝。音尘，消息。
7 因：缘由，这里指机会。

清平乐

其一

春愁南陌，故国音书隔。细雨霏霏梨花白，燕拂画帘金额。

尽日相望王孙，尘满衣上泪痕。谁向桥边吹笛，驻马西望销魂。

其二

野花芳草，寂寞关山道[1]。柳吐金丝莺语早，惆怅香闺暗老[2]。

罗带悔结同心，独凭朱栏思深。梦觉半床斜月，小窗风触鸣琴。

1 关山道：形容艰难坎坷的山路。

2 暗老：时光流逝，不知不觉人已衰老。

其三

何处游女[1]？蜀国多云雨。云解有情花解语，窣地[2]绣罗金缕。

妆成不整金钿[3]，含羞待月鞦韆。住在绿槐阴里，门临春水桥边。

其四

莺啼残月，绣阁香灯灭。门外马嘶郎欲别，正是落花时节。

妆成不画蛾眉，含愁独倚金扉[4]。去路香尘[5]莫扫，扫即郎去归迟。

1 游女：指郊游的女子。

2 窣地：此处是拖扫于地的意思。

3 金钿：头上的饰品。

4 金扉：闺阁房门的美称。

5 香尘：指遗留有郎君香气的尘土。古代民间习俗，凡家中有人出门，是日家人忌扫门户，否则行人将无归期。

望远行

欲别无言倚画屏，含恨暗伤情。谢家庭树锦鸡[1]鸣，残月落边城。

人欲别，马频嘶，绿槐千里长堤。出门芳草路萋萋，云雨别来易东西。不忍别君后，却入[2]旧香闺。

1 锦鸡：公鸡，或指山鸡。

2 却入：又进到。却，还、又，副词。

谒金门[1]

其一

春漏促，金烬[2]暗挑残烛。一夜帘前风撼竹，梦魂相断续。

有个娇娆如玉，夜夜绣屏孤宿。闲抱琵琶寻旧曲[3]，远山眉黛绿。

其二

空相忆，无计得传消息。天上嫦娥人不识，寄书何处觅？

新睡觉[4]来无力，不忍把伊书迹[5]。满院落花春寂寂，断肠芳草碧。

1 谒（yè）金门：唐教坊曲名，用为词调首见于此。
2 金烬（jìn）：灯烛燃后的余灰，金花烛的余烬。
3 寻旧曲：寻求往日与情人共赏的曲调。
4 觉：醒。
5 书迹：指过去的来信。

江城子

其一

恩重娇多情易伤，漏更长，解鸳鸯[1]。朱唇未动，先觉口脂[2]香。缓揭绣衾抽皓腕，移凤枕，枕潘郎[3]。

其二

髻鬟狼藉黛眉长，出兰房[4]，别檀郎[5]。角声呜咽，星斗渐微茫[6]。露冷月残人未起，留不住，泪千行。

1 解鸳鸯：解开绣有鸳鸯的衣裳。

2 口脂：口红，唇上胭脂。

3 潘郎：本指潘岳。泛指年少俊美的男子。

4 兰房：香闺绣阁。

5 檀郎：潘岳小名为檀奴，所以妇女称自己所欢者为檀郎。又解：檀有香之意，檀郎是对所爱者的美称。

6 微茫：稀疏而模糊。

河传

其一

何处？烟雨，隋堤春暮，柳色葱茏。画桡[1]金缕，翠旗高飐[2]香风，水光融。

青娥殿脚春妆媚，轻云里，绰约司花妓[3]。江都宫阙，清淮月映迷楼，古今愁。

其二

春晚，风暖，锦城花满，狂杀游人[4]。玉鞭金勒，寻胜驰骤[5]轻尘，惜良晨。

翠娥争劝临邛酒，纤纤手，拂面垂丝柳。归时烟里，钟鼓正是黄昏，暗销魂[6]。

1 画桡（ráo）：画有花彩的船桨。

2 飐：风吹物动，这里有迎风招展之意。

3 司花妓：管花的姑娘，隋炀帝曾命袁宝儿做司花女。

4 狂杀游人：意思是春景使游人喜极若狂。

5 骤（zhòu）：马快跑。

6 暗销魂：黯然伤神。

其三

锦浦[1]，春女，绣衣金缕，雾薄云轻。花深柳暗，时节正是清明，雨初晴。

玉鞭魂断烟霞路，莺莺语，一望巫山雨。香尘隐映[2]，遥见翠槛红楼[3]，黛眉愁。

1　锦浦：锦江边。

2　香尘隐映：尘土飞扬，景物时隐时现。

3　翠槛红楼：翠色栏杆，红色楼阁。

天仙子

其一

怅望前回梦里期，看花不语苦寻思。露桃[1]宫里小腰肢，眉眼细，鬓云垂，唯有多情宋玉[2]知。

其二

深夜归来长酩酊，扶入流苏[3]犹未醒。醺醺酒气麝兰和。惊睡觉，笑呵呵，长道人生能几何！

1 露桃：蜜桃，承雨露而生。

2 宋玉：战国楚辞赋家，或称屈原弟子，事顷襄王。在他的作品中，有许多描写美丽女子的笔墨。此处以宋玉自喻，意思是自己和宋玉一样能识别和怜爱美女。

3 流苏：帐上下垂的彩须或彩穗之类，这里借代为子。

其三

蟾彩[1]霜华[2]夜不分，天外鸿声枕上闻。绣衾香冷懒重熏。人寂寂，叶纷纷，才睡依前梦见君。

其四

梦觉云屏[3]依旧空，杜鹃声咽隔帘栊。玉郎[4]薄幸去无踪。一日日，恨重重，泪界莲腮两线红。

1 蟾彩：月光。
2 霜华：霜花。
3 云屏：屏风，用云母镶饰的画屏。
4 玉郎：形容男子美貌，爱称。

其五

金似衣裳玉似身，眼如秋水鬓如云。霞裙月帔一群群。来洞口，望烟分，刘阮[1]不归春日曛[2]。

1 刘阮：刘晨、阮肇二人，此泛指所念之人。

2 曛：日光和芳香袭人。又解为暖和。

喜迁莺

其一

人汹汹，鼓咚咚，襟袖五更风。大罗天上月朦胧，骑马上虚空。

香满衣，云满路，鸾凤绕身飞舞。霓旌绛节[1]一群群，引见玉华君[2]。

其二

街鼓动，禁城开，天上探人回[3]。凤衔[4]金榜出云来，平地一声雷。

莺已迁[5]，龙已化[6]，一夜满城车马。家家楼上簇神仙，争看鹤冲天[7]。

1 霓旌绛节：彩色的旌旗如天上虹霓，绛红色的仪仗如彩霞呈现。
2 玉华君：天帝，这里指皇帝。又解：玉华为仙女名，这里指皇后。
3 探人回：指应考举人看榜归来。
4 凤衔：即凤凰衔书，谓传达皇帝诏令，公布本科新登进士名册。
5 莺已迁：古代常以嘤鸣出谷之鸟为黄莺，指登第，或为升擢、迁居的颂词。
6 龙已化：如龙兴起，发迹飞腾。
7 鹤冲天：喻进士及第者从此一步登天。

思帝乡

其一

云髻坠，凤钗垂，髻坠钗垂无力，枕函欹[1]。翡翠屏深月落，漏依依。说尽人间天上[2]，两心知。

其二

春日游，杏花吹满头。陌上谁家年少，足风流。妾[3]拟将身嫁与，一生休[4]。纵被无情弃，不能羞。

1 欹（qī）：倚也，斜依，斜靠；歪斜。
2 人间天上：喻范围广阔。
3 妾：古代女子对自己的谦称。
4 休：此处指心愿得遂后的罢休、喜悦、欢乐。

诉衷情

其一

烛烬香残帘半卷，梦初惊。花欲谢，深夜月胧明。何处按[1]歌声？轻轻。舞衣尘暗生，负春情。

其二

碧沼红芳[2]烟雨静，倚兰桡。垂玉珮，交带[3]袅纤腰。鸳梦隔星桥，迢迢。越罗香暗销，坠花翘[4]。

1 按：依节拍弹奏，动词。
2 芳：花朵。
3 交带：束结彩带。
4 花翘：鸟尾状的首饰。

上行杯

其一

芳草灞陵春岸，柳烟深。满楼弦管，一曲离声肠寸断。

今日送君千万，红缕[1]玉盘金镂盏。须劝，珍重意，莫辞满。

其二

白马玉鞭金辔，少年郎，离别容易，迢递[2]去程千万里。

惆怅异乡云水，满酌一杯劝和泪[3]。须愧，珍重意，莫辞醉。

1 红缕：形容玉盘所盛菜肴的色红，细如丝。

2 迢递（tiáo dì）：形容路途遥远。

3 劝和泪：含泪而劝酒。

女冠子

其一

四月十七，正是去年今日，别君时。忍泪佯低面[1]，含羞半敛眉[2]。

不知魂已断，空有梦相随。除却天边月，没人知。

其二

昨夜夜半，枕上分明梦见，语多时。依旧桃花面，频低柳叶眉。

半羞还半喜，欲去又依依。觉来知是梦，不胜[3]悲。

1 佯（yáng）低面：假装着低下脸。

2 敛（liǎn）眉：皱眉头。

3 胜：能够承担或承受。

更漏子

钟鼓寒，楼阁暝[1]，月照古桐金井[2]。深院闭，小庭空，落花香露红。

烟柳重，春雾薄，灯背水窗高阁。闲倚户，暗沾衣[3]，待郎郎不归。

1 暝（míng）：昏暗。

2 金井：以铜为栏的井。

3 暗沾衣：即暗中流泪沾湿衣服。

酒泉子

月落星沉，楼上美人春睡。绿云[1]倾，金枕腻[2]，画屏深。

子规[3]啼破相思梦，曙色东方才动。柳烟轻，花露重，思难任[4]。

1 绿云：指美人的发髻。
2 腻：光滑。
3 子规：即杜鹃。
4 思难任：不堪离思。

木兰花

独上小楼春欲暮，愁望玉关芳草路。消息断，不逢人，却敛细眉归绣户。

坐看落花空叹息，罗袂湿斑红泪[1]滴。千山万水不曾行，魂梦欲教何处觅？

1 红泪：泪从涂有胭脂的面上流下，故为“红泪”。又解，指血泪。

小重山

一闭昭阳春又春，夜寒宫漏永[1]，梦君恩。卧思陈事暗销魂，罗衣湿，红袂有啼痕。

歌吹隔重阍[2]。绕庭芳草绿，倚长门。万般惆怅向谁论，凝情立，宫殿欲黄昏。

1　永：长，慢悠悠。
2　重阍（hūn）：宫门。

薛昭蕴

薛昭蕴（生卒年不详），字澄州，擅诗词，才华出众，现存词十九首，八首为《浣溪沙》，内容多写闺情宫怨、友情离思以及女道士清冷生涯，文人及第得意情景。其词较少艳情缛文，风格比较清丽委婉，接近韦庄。

浣溪沙

其一

红蓼[1]渡头秋正雨，印沙鸥迹自成行，整鬟飘袖野风香。

不语含颦深浦里，几回愁煞[2]棹船郎[3]，燕归帆尽水茫茫。

其二

钿匣菱花锦带垂，静临兰槛卸头[4]时，约鬟低珥[5]算归期。

茂苑草青湘渚阔，梦余空有漏依依，二年终日损芳菲。

1 蓼（liǎo）：一年生草本植物，多生于水中，味苦，可作药用。

2 愁煞（shà）：愁极了。

3 棹（zhào）船郎：撑船人，即船夫。

4 卸头：卸妆。

5 珥（ěr）：珥珰，用珠玉所制的耳环等饰物。

其三

粉上依稀有泪痕，郡庭花落欲黄昏，远情深恨与谁论。

记得去年寒食日，延秋门[1]外卓[2]金轮，日斜人散暗销魂。

其四

握手河桥柳似金，蜂须轻惹百花心[3]，蕙风兰思[4]寄清琴。

意满便同春水满，情深还似酒杯深，楚烟湘月[5]两沉沉。

1 延秋门：长安禁苑中宫庭二十四所，西面二门，南曰延秋门，北曰玄武门。

2 卓：立。

3 花心：花蕊。

4 蕙风兰思：形容美人的思绪和风度。

5 楚烟湘月：回忆往日游宴时的意境幽静、凄迷。

其五

帘下三间出寺墙，满街垂柳绿阴长，嫩红轻翠间浓妆。
瞥地[1]见时犹可可[2]，却来闲处暗思量，如今情事隔仙乡[3]。

其六

江馆清秋缆客船，故人相送夜开筵，麝烟兰焰簇花钿[4]。
正是断魂迷楚雨，不堪离恨咽湘弦，月高霜白水连天。

1 瞥地：用眼一扫而过。
2 犹可可：不在意。
3 仙乡：缥缈之境。意指再也无缘相会，仿佛仙境与人间相隔。
4 簇花钿：聚集着盛妆的女子。

其七

倾国倾城恨有余，几多红泪泣姑苏，倚风凝睇[1]雪肌肤。
吴主山河空落日[2]，越王宫殿半平芜，藕花菱蔓[3]满重湖[4]。

其八

越女淘金春水上，步摇云鬓珮鸣珰[5]，渚风江草又清香。
不为远山凝翠黛，只应含恨向斜阳，碧桃花谢忆刘郎。

1 凝睇：凝聚目光而视。这里是微微斜视而又含情的意思。
2 落日：喻亡国。
3 菱蔓（wàn）：菱角的茎。
4 重湖：湖泊相连，一个挨着一个。
5 鸣珰：用金玉制作的耳坠。

喜迁莺

其一

残蟾[1]落，晓钟鸣，羽化觉身轻。乍无春睡有余酲[2]，杏苑雪初晴。

紫陌长，襟袖冷，不是人间风景。回看尘土似前生，休羡谷中莺。

其二

金门晓，玉京[3]春，骏马骤轻尘。桦烟深处白衫新，认得化龙身[4]。

九陌[5]喧，千户启，满袖桂香[6]风细。杏园欢宴曲江滨，自此占芳辰[7]。

1 残蟾：残月。
2 酲（chéng）：喝醉酒后神志不清。
3 玉京：京都，皇都。
4 化龙身：鱼化为龙，喻登科中举。
5 九陌：京城里的大道。
6 桂香：这里比喻中举。古人称之为“折桂”。
7 芳辰：良辰。

其三

清明节，雨晴天，得意正当年。马骄泥软锦连乾，香袖半笼鞭。

花色融，人竞赏，尽是绣鞍朱鞅[1]。日斜无计更留连，归路草和烟。

1 鞅：马颈上的皮套子，用来套车的轭头之类。

小重山

其一

春到长门春草青，玉阶华露滴，月胧明。东风吹断紫箫声，宫漏促，帘外晓莺啼。

愁极梦难成，红妆流宿泪，不胜情。手挼裙带绕阶行，思君切，罗幌[1]暗尘生。

其二

秋到长门[2]秋草黄，画梁双燕去[3]，出宫墙。玉箫无复理[4]霓裳，金蝉[5]坠，鸾镜掩休妆。

忆昔在昭阳，舞衣红绶带，绣鸳鸯。至今犹惹御炉香，魂梦断，愁听漏更长。

1 幌：帷幔。
2 长门：长门宫。此指皇宫。
3 双燕去：谓秋深。又用双燕去衬人独在。
4 理：治，引申为演奏。
5 金蝉：首饰。

离别难

宝马晓鞴[1]雕鞍，罗帏[2]乍别情难。那堪春景媚，送君千万里，半妆珠翠落，露华[3]寒。红蜡烛，青丝曲，偏能钩引泪阑干。

良夜促，香尘绿，魂欲迷。檀眉[4]半敛愁低。未别心先咽，欲语情难说出，芳草路东西。摇袖立，春风急，樱花杨柳雨凄凄。

1 鞴（bèi）：把鞍辔等套在马上，动词。

2 罗帏：指闺阁之中。

3 露华：露凝结而成霜。

4 檀眉：香眉。又解，檀为颜色一种，浅红色，形容眉色。

相见欢

罗襦绣袂香红[1]，画堂中。细草平沙蕃马，小屏风。

卷罗幕，凭妆阁，思无穷。暮雨轻烟魂断，隔帘栊。

1 香红：即罗裙绣袂芳香而红艳。

醉公子

慢绾青丝发，光砑[1]吴绫袜。床上小熏笼，韶州新退红。

叵耐无端处，捻得从头污[2]。恼得眼慵开，问人闲事来。

1 砑（yà）：用石块磨光其他物品，称为“砑光”，动词。

2 从头污：到处都弄脏。

女冠子

其一

求仙去也，翠钿金篦[1]尽舍，入岩峦。雾卷黄罗帔[2]，云雕白玉冠。

野烟溪洞冷，林月石桥寒。静夜松风下，礼天坛[3]。

其二

云罗雾縠[4]，新授明威法箓[5]，降真函[6]。髻绾青丝发，冠抽碧玉篸。

往来云过五，去住岛经三。正遇刘郎使，启瑶缄[7]。

1 翠钿金篦：首饰。

2 黄罗帔：黄色丝罗披肩。

3 礼天坛：登坛拜天，道家的礼仪。

4 縠（hú）：有皱纹的纱。

5 法箓：天神所授的符命。

6 降真函：降下盛宝箓的套盒。

7 启瑶缄：拆开使者所送来的精美信函。

谒金门

春满院，叠损罗衣[1]金线。睡觉水晶帘未卷，檐前双语燕。

斜掩金铺[2]一扇，满地落花千片。早是相思肠欲断，忍教频梦见。

1 罗衣：丝织品制成的衣服。

2 金铺：门上衔环的装饰物，这里代指门。

牛峤

牛峤（生卒年不详），字松卿，一字延峰，约唐僖宗、昭宗时在世。以词著名，词格类温庭筠。原有歌诗集三卷，现存词三十三首。

柳枝

其一

解冻风[1]来陌上青[2]，解垂罗袖拜卿卿[3]。无端袅娜临官路，舞送行人过一生。

其二

吴王宫里色偏深，一簇纤条万缕金。不愤[4]钱塘苏小小，引郎松下结同心。

1 解冻风：春风。
2 陌上青：指柳枝梢头露出嫩绿色。
3 卿卿：古代男女间的爱称。
4 不愤：不平，不服气。

其三

桥北桥南千万条，恨伊[1]张绪不相饶。金羁白马[2]临风望，认得杨家静婉[3]腰。

其四

狂雪[4]随风扑马飞，惹烟无力被春欺[5]。莫教移入灵和殿，宫女三千又妒伊。

1 伊：彼，那个，指示代词。
2 金羁白马：借代少年公子。
3 静婉：张静婉，南朝梁代名舞女。
4 狂雪：比喻柳絮纷飞如雪。
5 被春欺：春风吹柳，柳随风摆，所以说“被春欺”。

其五

袅翠笼烟拂暖波，舞裙新染麹尘罗。章华台畔隋堤上，傍得春风尔许[1]多。

1 尔许：如许，如此。

女冠子

其一

绿云高髻，点翠匀红时世[1]，月如眉。浅笑含双靥[2]，低声唱小词。

眼看惟恐化，魂荡欲相随。玉趾回娇步，约佳期。

其二

锦江烟水，卓女[3]烧春浓美。小檀霞。绣带芙蓉帐，金钗芍药花。

额黄侵腻发，臂钏[4]透红纱。柳暗莺啼处，认郎家。

1 点翠匀红时世：妆饰入时的意思。
2 双靥：两个酒窝。
3 卓女：卓文君，这里泛指美女。
4 臂钏：手臂上戴的镯子。

其三

星冠霞帔，住在蕊珠宫[1]里。珮玎珰，明翠摇蝉翼，纤珪[2]理宿妆。

醮坛[3]春草绿，药院杏花香。青鸟[4]传心事，寄刘郎。

其四

双飞双舞，春昼后园莺语。卷罗帏，锦字书封了，银河雁过迟。

鸳鸯排宝帐，豆蔻[5]绣连枝。不语匀珠泪，落花时。

1 蕊珠宫：神仙所居处，此处指女冠居处。
2 纤珪：喻手纤细而洁白。
3 醮（jiào）坛：僧道为禳除灾祟而设的祭神坛。
4 青鸟：传信的神鸟。
5 豆蔻：古人常以此来指代美丽的少女。

梦江南

其一

衔泥燕，飞到画堂前。占得杏梁[1]安稳处，体轻唯有主人怜，堪羡好因缘[2]。

其二

红绣被，两两间鸳鸯。不是鸟中偏爱尔[3]，为缘交颈[4]睡南塘，全胜薄情郎。

1 杏梁：用杏树所做的屋梁，泛指优质木材所做的梁柱。
2 因缘：指双燕美好的结合。
3 尔：这里指鸳鸯。
4 交颈：颈与颈相互依摩。多为雌雄动物之间的一种亲昵表示。

感恩多

其一

两条红粉泪，多少香闺意。强攀桃李枝，敛愁眉。

陌上莺啼蝶舞[1]，柳花飞。柳花[2]飞，愿得郎心，忆家还早归。

其二

自从南浦别，愁见丁香结[3]。近来情转深，忆鸳衾。

几度将书托烟雁，泪盈襟。泪盈襟，礼[4]月求天，愿君知我心。

1 蝶舞：比喻荡子之流嫖妓。

2 柳花：指柳絮。

3 丁香结：紫丁香的花蕾。诗词中多用来比喻愁思凝结不解。

4 礼：拜。

应天长

其一

玉楼春望晴烟灭，舞衫斜卷金条脱。黄鹂娇啭声初歇，杏花飘尽龙山雪。

凤钗低赴节[1]，筵上王孙愁绝。鸳鸯对衔罗结[2]，两情深夜月。

其二

双眉淡薄藏心事，清夜背灯[3]娇又醉。玉钗横，山枕腻，宝帐鸳鸯春睡美。

别经时[4]，无限意，虚道[5]相思憔悴。莫信彩笺书里，赚[6]人肠断字。

1 赴节：按节拍而敲击。
2 罗结：罗带结成花结。
3 背灯：掩灯。
4 别经时：别后所经历的一段日子。
5 虚道：说假话。
6 赚：诳骗。

更漏子

其一

星渐稀，漏频转，何处轮台声怨？香阁掩，杏花红，月明杨柳风。

挑锦字[1]，记情事，惟愿两心相似。收泪语，背灯眠，玉钗横枕边。

其二

春夜阑[2]，更漏促，金烬暗挑残烛。惊梦断，锦屏深，两乡[3]明月心。

闺草碧，望归客[4]，还是不知消息。辜负我，悔怜君，告天天不闻。

1 挑锦字：用前秦安南将军窦滔之妻苏蕙织锦回文的典故。

2 夜阑：夜深。

3 两乡：两边，两处。

4 归客：指远行的丈夫。

其三

南浦情[1]，红粉泪，争奈两人深意。低翠黛，卷征衣，马嘶霜叶飞。

招手别，寸肠结，还是去年时节。书托雁，梦归家，觉来江月斜。

1 南浦情：离别之情。

望江怨

东风急，惜别花时手频执[1]。罗帏愁独入，马嘶残雨春芜[2]湿。倚门立，寄语薄情郎，粉香和泪泣。

1 手频执：多次执手，表示惜别依依之情。
2 春芜：春天的草野。

菩萨蛮

其一

舞裙香暖金泥凤[1]，画梁语燕惊残梦。门外柳花飞，玉郎犹未归。

愁匀红粉泪，眉剪春山翠。何处是辽阳，锦屏春昼长。

其二

柳花飞处莺声急，晴街春色香车[2]立。金凤小帘开，脸波[3]和恨来。

今宵求梦想，难到青楼上。赢得一场愁，鸳衾谁并头？

1 金泥凤：用金粉涂印的凤凰图案。

2 香车：涂有香料的华丽的车子。

3 脸波：眼波。

其三

玉钗风动春幡急，交枝[1]红杏笼烟泣。楼上望卿卿，窗寒新雨晴。

熏炉蒙翠被，绣帐鸳鸯睡。何处有相知，羡他初画眉[2]。

其四

画屏重叠巫阳[3]翠，楚神尚有行云意。朝暮几般心，向他情谩[4]深。

风流今古隔，虚作瞿塘客。山月照山花，梦回[5]灯影斜。

1 交枝：枝条交错。
2 羡他初画眉：用张敞的故事。汉代张敞夫妻恩爱，常为妻子画眉。
3 巫阳：指巫山。
4 谩：徒然，枉然。
5 梦回：梦醒。

其五

风帘燕舞莺啼柳，妆台约鬟低纤手。钗重髻盘珊[1]，一枝红牡丹。

门前行乐客[2]，白马嘶春色。故故[3]坠金鞭，回头应眼穿。

其六

绿云鬟上飞金雀，愁眉敛翠春烟薄。香阁掩芙蓉，画屏山几重。

窗寒天欲曙，犹结同心苣[4]。啼粉[5]污罗衣，问郎何日归？

1 盘珊：盘旋环绕。

2 行乐客：指游冶的男子。

3 故故：屡屡。

4 同心苣：用苇秆扎成的火炬。

5 啼粉：泪水夹着脂粉流下。

其七

玉楼冰簟鸳鸯锦，粉融香汗流山枕。帘外辘轳声，敛眉含笑惊。

柳阴烟漠漠[1]，低鬟蝉钗[2]落。须作一生拚[3]，尽君今日欢。

1 漠漠：弥漫的样子。
2 蝉钗：蝉形的金钗。
3 拚（pàn）：舍弃，不顾惜，一作“拌”。

酒泉子

记得去年，烟暖杏园花正发，雪飘香。江草绿，柳丝长。

钿车[1]纤手卷帘望，眉学春山样[2]。凤钗低袅翠鬟上，落梅妆[3]。

1 钿车：用金玉所饰的车子。

2 眉学春山样：眉仿佛春山一样。学，仿照。

3 落梅妆：古代妇女的一种面部妆饰，又称“梅花妆”。

定西番

紫塞[1]月明千里，金甲冷，戍楼[2]寒，梦长安。

乡思望中天阔，漏残星亦残。画角[3]数声呜咽，雪漫漫。

1 紫塞：长城，亦泛指北方边塞。

2 戍楼：边塞驻军的营房。

3 画角：古乐器名，出自西羌，口细尾大，形如牛角，以竹木或皮革制成，外加彩绘，故称“画角”。后来军中多用以报昏晓，振士气。

玉楼春

春入横塘摇浅浪，花落小园空惆怅。此情谁信为狂夫[1]？恨翠愁红[2]流枕上。

小玉窗前嗔燕语[3]，红泪滴穿金线缕。雁归不见报郎归，织成锦字[4]封过与。

1 狂夫：指感情狂放、不拘礼法之士。又解，古代妇人称自己丈夫的谦辞。

2 恨翠愁红：借代为泪水。

3 嗔燕语：对燕子欢叫而生气。

4 锦字：妻子给丈夫的信。

西溪子

捍拨[1]双盘金凤[2]，蝉鬓玉钗摇动。画堂前，人不语，弦解语。弹到昭君怨处，翠娥愁，不抬头。

1 捍拨：弹拨乐器上的饰物，用来防护琴身，以免弹拨时磨坏其处。

2 双盘金凤：指琵琶捍拨上所绘的图案。

江城子

其一

鵁鶄飞起郡城东，碧江空，半滩风。越王宫殿，蘋叶藕花中。帘卷水楼鱼浪[1]起，千片雪[2]，雨蒙蒙。

其二

极浦[3]烟消水鸟飞，离筵分首[4]时，送金卮。渡口杨花，狂雪任风吹。日暮空江波浪急，芳草岸，雨如丝。

1 鱼浪：秋水鱼肥，逐浪出没。鱼，一作“渔”。
2 千片雪：言浪花如雪。
3 极浦：远浦。
4 分首：分别。

张泌

张泌（生卒年不详），字子澄，用字工练，章法巧妙，描绘细腻，用语流便。尤以写湖、湘、桂一带风物的作品为多，其词大多为艳情词，风格介乎温庭筠、韦庄之间而倾向于韦庄。《花间集》列于牛峤、毛文锡之间，称为“张舍人”。

浣溪沙

其一

钿毂香车[1]过柳堤，桦烟分处马频嘶，为他沉醉不成泥。

花满驿亭香露细，杜鹃声断玉蟾[2]低，含情无语倚楼西。

其二

马上凝情忆旧游[3]，照花淹竹小溪流，钿筝罗幕玉搔头。

早起出门长带月，可堪[4]分袂[5]又经秋，晚风斜日不胜愁。

1　钿毂（gǔ）香车：指华美的车子。

2　玉蟾：月亮。古时传说月中有蟾蜍，后以蟾指代月亮。

3　旧游：旧时的游客或游侣。

4　可堪：怎能经受得住。

5　分袂（mèi）：分手。

其三

独立寒阶望月华，露浓香泛[1]小庭花，绣屏愁背一灯斜。

云雨自从分散后，人间无路到仙家，但凭魂梦访天涯。

其四

依约[2]残眉理旧黄[3]，翠鬟抛掷一簪长，暖风晴日罢朝妆。

闲折海棠看又捻，玉纤[4]无力惹余香，此情谁会[5]倚斜阳。

1 泛：透出。
2 依约：隐约。
3 旧黄：残存的面部妆饰。
4 玉纤：玉手，形容女子的手细柔。
5 会：理会，了解。

其五

翡翠屏开绣幄[1]红，谢娥[2]无力晓妆慵，锦帷鸳被宿香浓[3]。

微雨小庭春寂寞，燕飞莺语隔帘栊，杏花[4]凝恨倚东风。

其六

枕障熏炉隔绣帷，二年终日两相思，杏花明月[5]始应知[6]。

天上人间何处去？旧欢新梦觉[7]来时，黄昏微雨画帘垂。

1 幄（wò）：篷帐，帐幕。

2 谢娥：泛指美丽的女子。

3 宿香浓：经夜香味尚浓。

4 杏花：比拟女子。

5 杏花明月：杏花每年春天盛开，月亮每月一度圆缺，故指岁月时间。

6 始应知：才能知，正可知。

7 觉：醒。

其七

花月香寒悄夜尘[1]，绮筵幽会暗伤神，婵娟[2]依约画屏人。

人不见时还暂语，令才抛后爱微颦，越罗巴锦不胜春。

其八

偏戴花冠白玉簪，睡容新起意沉吟[3]，翠钿金缕镇[4]眉心。

小槛[5]日斜风悄悄，隔帘零落杏花阴，断香轻碧锁愁深。

1 悄夜尘：夜色静悄悄。

2 婵娟：泛指美貌女子。

3 沉吟：指犹疑、恍惚。

4 镇：安插。

5 小槛：窗外的小栏杆。

其九

晚逐香车入凤城[1]，东风斜揭[2]绣帘轻，慢回娇眼笑盈盈。

消息未通何计是？便须[3]佯醉且随行，依稀闻道太狂生。

其十

小市东门欲雪天，众中依约见神仙[4]，蕊黄香画贴金蝉[5]。

饮散黄昏人草草[6]，醉容无语立门前，马嘶尘烘[7]一街烟。

1 凤城：京城，帝王所居之城。
2 斜揭：轻轻地揭开帘帷。
3 便须：即应。
4 神仙：指美女。
5 金蝉：钗的形状。
6 草草：忙忙碌碌的样子。
7 尘烘：灰尘飞扬。

临江仙

烟收湘渚[1]秋江静，蕉[2]花露泣愁红。五云双鹤去无踪。几回魂断，凝望向长空。

翠竹暗留珠泪怨，闲调[3]宝瑟波中。花鬟月鬓绿云重。古祠深殿，香冷雨和风。

1 湘渚：湘江的水边陆地。

2 蕉：美人蕉。

3 调：弹奏。

女冠子

露花烟草，寂寞五云[1]三岛[2]。正春深，貌减潜消玉，香残尚惹襟。

竹疏虚槛静，松密醮坛阴，何事刘郎[3]去，信沉沉。

1 五云：五色祥云，为仙人所御。

2 三岛：指仙境。

3 刘郎：刘晨，东汉刘晨、阮肇入天台山遇仙。此处指女子的情人。

茹蘆

河传

其一

渺莽[1]云水，惆怅暮帆，去程迢递。夕阳芳草，千里万里，雁声无限起。

梦魂悄断[2]烟波里，心如醉，相见何处是。锦屏香冷无睡，被头多少泪！

其二

红杏交枝，相映密密蒙蒙，一庭浓艳倚东风，香融[3]透帘栊。

斜阳似共春光语，蝶争舞，更引流莺妒。魂销千片玉尊前，神仙瑶池醉暮天。

1 渺莽：辽阔而迷茫。
2 悄断：暗暗地结束了。
3 香融：香气融入风中。

酒泉子

其一

春雨打窗，惊梦觉来天气晓。画堂深，红焰小，背[1]兰釭。

酒香喷鼻懒开缸，惆怅更无人共醉。旧巢中，新燕子，语双双。

其二

紫陌[2]青门[3]，三十六宫春色。御沟辇路[4]，暗相通，杏园风。

咸阳沽酒宝钗空，笑指未央归去，插花走马落残红，月明中。

1 背：指熄灭。
2 紫陌：帝都的道路。
3 青门：泛指皇都的城门。
4 辇路：宫中的车道。

生查子

相见稀，喜相见，相见还相远。檀画荔枝红，金蔓蜻蜓软。

鱼雁[1]疏，芳信断，花落庭阴晚。可惜玉肌肤，消瘦成慵懒。

1 鱼雁：代指书信。

思越人

燕双飞，莺百啭，越波堤[1]下长桥。斗钿花筐金匣恰[2]，舞衣罗薄纤腰。

东风淡荡慵无力，黛眉愁聚春碧。满地落花无消息，月明肠断空忆。

1 越波堤：即“月波堤”，这里指河堤。

2 金匣恰：用熨斗熨平。

满宫花

花正芳，楼似绮，寂寞上阳宫[1]里。钿笼金锁睡鸳鸯，帘冷露华珠翠。

娇艳轻盈香雪[2]腻，细雨黄莺双起。东风惆怅欲清明，公子桥边沉醉。

1 上阳宫：唐代宫名，在东都（洛阳）禁苑之东。

2 香雪：代指女子的皮肤。

柳枝

腻粉琼妆透碧纱，雪休夸[1]。金凤搔头堕鬓斜，发交加。

倚着云屏新睡觉，思梦笑。红腮隐出枕函[2]花，有些些[3]。

1 雪休夸：形容女子的肌肤很白，连雪都不敢夸耀自己白了。

2 枕函：枕头套。

3 些（xiā）些：一点点。这里指隐隐约约。

南歌子

其一

柳色遮楼暗，桐花落砌[1]香。画堂开处远风凉。高卷水晶帘额，衬斜阳。

其二

岸柳拖烟绿，庭花照日红。数声蜀魄[2]入帘栊。惊断碧窗残梦，画屏空。

1 砌：台阶。

2 蜀魄：指杜鹃鸟。

其三

锦荐红鸂鶒，罗衣绣凤凰。绮疏飘雪北风狂。帘幕尽垂无事，郁金香。

江城子

其一

碧栏干外小中庭，雨初晴，晓莺声。飞絮落花，时节近清明。睡起卷帘无一事，匀面了[1]，没心情。

其二

浣花溪上见卿卿，脸波秋水明，黛眉轻[2]。绿云[3]高绾，金簇小蜻蜓。好是[4]问他来得么，和笑[5]道：莫多情。

1 匀面了：搽脂粉完了。
2 黛眉轻：指眉画得淡淡的。
3 绿云：浓密的乌发。
4 好是：最是，真是。
5 和笑：含笑。

河渎神

古树噪寒鸦[1]，满庭枫叶芦花。昼灯当午隔轻纱，画阁珠帘影斜。

门外往来祈赛[2]客，翩翩[3]帆落天涯。回首隔江烟火，渡头三两人家。

1 寒鸦：秋冬时节的乌鸦。

2 祈赛：即祈报，祭祀名。

3 翩翩：往来的样子。

蝴蝶儿

蝴蝶儿，晚春时。阿娇[1]初着淡黄衣，倚窗学画伊[2]。

还似花间见，双双对对飞。无端和泪拭胭脂，惹教双翅垂。

1 阿娇：汉武帝刘彻的姑母长公主之女，被立为皇后。代指画蝴蝶的女子。
2 画伊：即画蝴蝶。

毛文锡

毛文锡（生卒年不详），字平珪，五代前、后蜀大臣、词人。词大都是供奉内廷之作，内容多写歌舞冶游，今存三十余首，见于《花间集》《唐五代词》。

虞美人

其一

鸳鸯对浴银塘[1]暖，水面蒲梢短。垂杨低拂麹尘波。蛟丝[2]结网露珠多，滴圆荷。

遥思桃叶[3]吴江碧，便是天河隔。锦鳞红鬣[4]影沉沉。相思空有梦相寻，意难任。

其二

宝檀[5]金缕鸳鸯枕，绶带盘宫锦。夕阳低映小窗明。南园绿树语莺莺，梦难成。

玉炉香暖频添炷[6]，满地飘轻絮。珠帘不卷度沉烟[7]。庭前闲立画鞦韆，艳阳天。

1 银塘：形容塘水清澈明净。
2 蛟丝：蜘蛛丝。一作“蛛丝”。
3 桃叶：指所怀念之人。
4 锦鳞红鬣（liè）：指鱼。
5 宝檀：此处是指珍贵的檀色。
6 炷：此处指掺有香料的燃料。
7 沉烟：沉香所燃之烟，味香。

酒泉子

绿树春深，燕语莺啼声断续。蕙风[1]飘荡入芳丛，惹残红[2]。

柳丝无力袅烟空[3]，金盏不辞须满酌。海棠花下思朦胧，醉春风。

1 蕙风：香风，多指春日之风。

2 惹残红：吹动残花飘落。

3 烟空：指柳色如烟，布于晴空。

喜迁莺

芳春景，暧[1]晴烟，乔木见莺迁。传枝偎叶语关关，飞过绮丛[2]间。

锦翼鲜，金毳[3]软，百啭千娇相唤。碧纱窗晓怕闻声，惊破鸳鸯暖[4]。

1 暧（ài）：暗淡。

2 绮丛：百花丛中。这里喻树丛。

3 毳（cuì）：鸟兽的细毛。

4 鸳鸯暖：指在温暖的鸳鸯被中的美梦。

赞成功

海棠未坼[1]，万点深红。香包[2]缄[3]结一重重，似含羞态，邀勒[4]春风。蜂来蝶去，任绕芳丛。

昨夜微雨，飘洒庭中。忽闻声滴井边桐，美人惊起，坐听晨钟。快教折取，戴玉珑璁[5]。

1 坼（chè）：分裂。
2 香包：指未开的花苞。
3 缄（jiān）：封闭。
4 勒（lè）：本义是套住马不让其行。此引申为“牵住”“引来”之义。
5 珑璁：金属或玉石等碰击的声音。

西溪子

昨日西溪游赏，芳树奇花千样。锁春光，金尊满，听弦管，娇妓舞衫香暖。不觉到斜晖，马驮归[1]。

1 马驮（tuó）归：被马背着回家，写宴游醉归。

中兴乐

豆蔻花繁烟艳深[1]，丁香软结同心。翠鬟女，相与共淘金。

红蕉叶里猩猩语，鸳鸯浦[2]。镜中鸾舞，丝雨隔，荔枝阴。

1　烟艳深：指花之红光与雾相混。

2　鸳鸯浦：鸳鸯常栖息的小洲。

更漏子

春夜阑[1]，春恨[2]切，花外子规啼月。人不见，梦难凭[3]，红纱一点灯。

偏怨别，是芳节，庭下丁香千结。宵雾散，晓霞晖[4]，梁间双燕飞。

1 春夜阑：春夜将尽。

2 春恨：春日的愁思。

3 难凭：无所依托。

4 晖：光辉灿烂，一作“辉”。

接贤宾

香鞯[1]镂襜五花骢[2]，值春景初融[3]。流珠喷沫，躞蹀[4]汗血流红。

少年公子能乘驭，金镳[5]玉辔珑璁。为惜珊瑚鞭不下，骄生百步千踪[6]。信穿花[7]，从拂柳[8]，向九陌[9]追风。

1 鞯（jiān）：衬托马鞍的垫子。
2 五色骢：青白色的花马，一作“五花骢”。
3 融：调和。指初春时节。
4 躞蹀（xiè dié）：来回走动的样子。
5 镳（biāo）：马御口。
6 踪：大步跳行。
7 信穿花：指马在花丛中随意穿过。
8 从拂柳：指马在柳枝下从容地掠过。从，从容。
9 九陌：都城中的大道。

赞浦子

锦帐添香睡，金炉换夕熏。懒结芙蓉带，慵拖翡翠裙。

正是桃夭柳媚，那堪[1]暮雨朝云？宋玉高唐意，裁琼欲赠君。

1 那堪：怎堪，这里有“哪能加上”之意，表反诘语气。

甘州遍

其一

春光好，公子爱闲游，足风流。金鞍白马，雕弓宝剑，红缨锦襜[1]出长鞦[2]。

花蔽膝，玉衔[3]头。寻芳逐胜欢宴，丝竹不曾休。美人唱，揭调[4]是甘州，醉红楼。尧年舜日，乐圣[5]永无忧。

其二

秋风紧，平碛[6]雁行低，阵云齐[7]。萧萧飒飒，边声[8]四起，愁闻戍角[9]与征鼙[10]。

青冢北，黑山西。沙飞聚散无定，往往路人迷。铁衣冷，战马血沾蹄，破番奚[11]。凤凰诏下，步步蹑[12]丹梯[13]。

1 锦襜（chān）：绵织的围腰。
2 长鞦：泛指游乐之地。
3 衔：佩戴。
4 揭调：开腔。
5 乐圣：享乐于圣朝而永无忧患。
6 平碛（qí）：一望无际的沙漠。
7 阵云齐：云层低压。齐，平，与天际相齐，低压之义。
8 边声：边防线上的声响，即指角、鼓、马嘶、风吼之类。
9 角：画角，军号之类的乐器。
10 鼙（pí）：古代军中的小鼓，又称“骑鼓”。
11 番奚：多指西北方少数民族。
12 蹑（niè）：踩踏。
13 丹梯：又称“丹墀”，古代宫殿前石阶以红色涂饰。

纱窗恨

其一

新春燕子还来至，一双飞。垒巢泥湿时时坠，涴[1]人衣。

后园里看百花发，香风拂，绣户金扉[2]。月照纱窗，恨依依。

其二

双双蝶翅涂铅粉[3]，咂[4]花心。绮窗绣户飞来稳[5]，画堂阴。

二三月爱随飘絮，伴落花，来拂衣襟。更剪轻罗片[6]，傅黄金[7]。

1 涴（wò）：弄脏，沾污。
2 金扉：饰有金铺的门扇。
3 铅粉：又称“铅华”，搽脸的白粉。
4 咂（zā）：吸。这里指蝴蝶采蜜。
5 稳：安定，停下。
6 罗片：形容蝴蝶翅膀如剪下的绸片。
7 傅黄金：涂上黄金色。

柳含烟

其一

隋堤柳，汴河旁。夹岸绿阴千里，龙舟凤舸木兰香，锦帆张。

因梦江南春景好，一路流苏羽葆。笙歌未尽起横流[1]，锁春愁。

其二

河桥柳，占芳春。映水含烟拂路，几回攀折赠行人，暗伤神。

乐府吹为横笛曲，能使离肠断续。不如移植在金门[2]，近天恩。

1 横流：水不顺道而流，这里暗喻天下大乱。

2 金门：指天子所居之地。

其三

章台柳，近垂旒[1]。低拂往来冠盖，朦胧春色满皇州[2]，瑞烟[3]浮。

直与路边江畔别，免被离人攀折。最怜京兆画蛾眉[4]，叶纤时[5]。

其四

御沟柳，占春多。半出宫墙婀娜，有时倒影蘸轻罗，曲尘波[6]。

昨日金銮巡上苑[7]，风亚舞腰[8]纤软。栽培得地[9]近皇宫，瑞烟浓。

1 旒（liú）：旗子上的飘带。
2 皇州：皇城，帝京。
3 瑞烟：祥云。指一派彩色的云烟笼罩于京城。
4 京兆画蛾眉：指京兆尹张敞为其妻画眉。
5 叶纤时：指画眉细长而深，如柳叶状。
6 曲尘波：荡漾着浅黄色的微波。
7 上苑：供帝王玩赏、打猎的园林。
8 舞腰：比喻柳条袅娜。
9 得地：得到适宜生长的土壤。

醉花间

其一

休相问，怕相问，相问还添恨。春水满塘生，鸂鶒还相趁。

昨夜雨霏霏，临明寒一阵。偏忆戍楼[1]人，久绝[2]边庭[3]信。

其二

深相忆，莫相忆，相忆情难极。银汉[4]是红墙，一带遥相隔。

金盘珠露滴，两岸榆花白。风摇玉珮清[5]，今夕为何夕。

1 戍楼：边防驻军的瞭望楼。

2 绝：无，没有。

3 边庭：边地，边塞。

4 银汉：天河。

5 清：清越的响声。

浣溪沙

其一

春水轻波浸绿苔，枇杷洲上紫檀开。晴日眠沙鸂鶒稳，暖相偎。

罗袜生尘游女过，有人逢着弄珠[1]回。兰麝飘香初解珮，忘归来。

其二

七夕年年信不违，银河清浅白云微，蟾光鹊影[2]伯劳[3]飞。

每恨蟪蛄[4]怜婺女[5]，几回娇妒下鸳机[6]，今宵嘉会两依依。

1 弄珠：指佩珠的游女，这里泛指偶遇的多情少女。

2 蟾光鹊影：月亮之光，鹊桥之影。

3 伯劳：鸟名，又名鵙。

4 蟪蛄（huì gū）：蝉的一种，吻长，紫青色，夏秋能鸣。

5 婺女：又称“女宿”，星名，二十八宿之一。

6 鸳机：织锦机。

月宫春

水晶宫[1]里桂花开，神仙探几回。红芳[2]金蕊绣重台，低倾玛瑙杯。

玉兔银蟾争守护，姮娥[3]姹女[4]戏相偎。遥听钧天[5]九奏，玉皇亲看来。

1 水晶宫：指月宫。

2 红芳：红花。

3 姮娥：嫦娥。

4 姹女：美丽的少女。

5 钧天：中天。

恋情深

其一

滴滴铜壶寒漏咽[1]，醉红楼月。宴余香殿会鸳衾，荡春心。

真珠帘下晓光侵[2]，莺语隔琼林[3]。宝帐欲开慵起，恋情深。

其二

玉殿春浓花烂熳，簇神仙伴[4]。罗裙窣地[5]缕黄金，奏清音。

酒阑[6]歌罢两沉沉，一笑动君心。永愿作鸳鸯伴，恋情深。

1 寒漏咽：春夜清寒，滴漏之声悠长沉闷，如泣如诉。
2 侵：透过，迫进。
3 琼林：花树丛林。
4 簇神仙伴：聚集着一群神仙般的美女为伴。
5 窣（sū）地：在地上拖曳。
6 酒阑：酒将尽。

诉衷情

其一

桃花流水漾纵横，春昼彩霞明。刘郎去，阮郎行，惆怅恨难平。

愁坐对云屏[1]，算归程。何时携手洞边迎，诉衷情？

其二

鸳鸯交颈绣衣轻，碧沼[2]藕花馨[3]。偎藻荇[4]，映兰汀[5]，和雨浴浮萍。

思妇对心惊，想边庭[6]。何时解珮掩云屏，诉衷情？

1 云屏：以云母装饰的屏风，色彩鲜丽明亮，为富贵人家的陈设品。
2 沼：池塘。
3 馨：散布得很远的香味。
4 藻荇（xìng）：泛指水草。
5 兰汀：生有香草的水滨。
6 边庭：此处指边疆征戍的丈夫。以地借代人。

应天长

平江波暖鸳鸯语，两两钓船归极浦[1]。芦洲一夜风和雨，飞起浅沙翘雪鹭[2]。

渔灯明远渚，兰棹今宵何处？罗袂从风[3]轻举，愁杀采莲女。

1　极浦：目光望不到的水边。

2　翘雪鹭：高翘长颈的白鹭。

3　从风：随风。

河满子

红粉楼前月照，碧纱窗外莺啼。梦断[1]辽阳音信，那堪独守空闺？恨对百花时节，王孙绿草萋萋[2]。

1 梦断：梦醒。

2 草萋萋：春草茂盛的样子。

巫山一段云

雨霁[1]巫山上，云轻映碧天。远风吹散又相连，十二晚峰[2]前。

暗湿啼猿树，高笼过客船。朝朝暮暮楚江边，几度降神仙。

1 雨霁（jì）：雨停天开。
2 十二晚峰：指巫山十二峰。

临江仙

暮蝉声尽落斜阳，银蟾[1]影挂潇湘。黄陵庙侧水茫茫，楚山红树，烟雨隔高唐。

岸泊渔灯风飐碎，白蘋[2]远散浓香。灵娥鼓瑟韵清商，朱弦[3]凄切，云散碧天长。

1 银蟾：月亮。

2 白蘋：水中浮草。

3 朱弦：瑟弦的美称。

牛希济

牛希济（生卒年不详），五代词人，词人牛峤之侄。今存其词十四首，收于《花间集》及《唐五代词》。他和牛峤虽是侄叔，词的内容也多写相思离别，但风格却不相同。牛峤词艳丽，牛希济则尚自然，近于韦庄。

临江仙

其一

峭壁参差十二峰，冷烟寒树重重。瑶姬[1]宫殿是仙踪。金炉珠帐，香霭昼偏浓。

一自楚王惊梦[2]断，人间无路相逢。至今云雨带愁容。月斜江上，征棹[3]动晨钟。

其二

谢家仙观寄云岑[4]，岩萝拂地成阴。洞房不闭白云深。当时丹灶，一粒化黄金。

石壁霞衣犹半挂，松风长似鸣琴。时闻唳鹤起前林。十洲高会，何处许相寻。

1 瑶姬：神女。

2 楚王惊梦：即楚王与巫山神女相遇之事。

3 征棹：即征帆，谓远行之舟。

4 云岑：山的高峰。

其三

渭阙宫城秦树凋，玉楼独上无聊。含情不语自吹箫。调清和[1]恨，天路逐风飘。

何事乘龙人忽降？似知深意相招。三清[2]携手路非遥。世间屏障，彩笔画娇娆。

其四

江绕黄陵春庙闲，娇莺独语关关[3]。满庭重叠绿苔斑。阴云无事，四散自归山。

箫鼓声稀香烬冷，月娥[4]敛尽弯环。风流皆道胜人间。须知狂客，拼死为红颜。

1 和：含着。

2 三清：道家所谓玉清、上清、太清。仙家之境。

3 关关：莺啼声，象声词。

4 月娥：月亮，以月拟人，故称“月娥”。

其五

素[1]洛春光潋滟平，千重媚脸初生。凌波[2]罗袜势轻轻。烟笼日照，珠翠半分明。

风引宝衣疑欲舞，鸾回凤翥[3]堪惊。也知心许恐无成。陈王辞赋[4]，千载有声名。

其六

柳带摇风汉水滨，平芜两岸争匀。鸳鸯对浴浪痕新。弄珠游女[5]，微笑自含春。

轻步暗移蝉鬓动，罗裙风惹轻尘。水晶宫殿岂无因。空劳纤手[6]，解珮赠情人。

1 素：素净，形容水清澈。
2 凌波：径行于水波之上。
3 翥（zhù）：向上飞。
4 陈王辞赋：陈王，指陈思王，即曹植。辞赋，指《洛神赋》。
5 弄珠游女：指佩珠的女子。
6 空劳纤手：徒劳纤柔之手。因人与神道不可通，故曰“空劳”。

其七

洞庭波浪飐晴天，君山一点凝烟。此中真境[1]属神仙。玉楼珠殿[2]，相映月轮边。

万里平湖秋色冷，星辰垂影参然[3]。橘林霜重更红鲜。罗浮山下，有路暗相连。

1 真境：神仙境界。

2 玉楼珠殿：指君山上的湘妃祠。

3 参（cēn）然：星光闪烁，时隐时现的样子。

酒泉子

枕转簟凉，清晓远钟残梦。月光斜，帘影动，旧炉香[1]。

梦中说尽相思事，纤手匀[2]双泪。去年书，今日意，断离肠。

1　旧炉香：香炉尚存宿香。

2　匀：抹擦。

生查子

春山烟欲收，天淡稀星小。残月脸边明，别泪临[1]清晓。

语已多，情未了，回首犹重道[2]：记得绿罗裙，处处怜芳草。

1 临：接近。

2 重道：再次说。

中兴乐

池塘暖碧浸晴晖，蒙蒙柳絮轻飞。红蕊凋来[1]，醉梦还稀。

春云空有雁归，珠帘垂。东风寂寞，恨郎抛掷，泪湿罗衣。

1 红蕊凋来：红花谢了。

谒金门

秋已暮，重叠关山[1]歧路[2]。嘶马摇鞭何处去？晓禽霜满树。

梦断禁城[3]钟鼓，泪滴枕檀无数。一点凝红[4]和薄雾，翠娥愁不语。

1 关山：泛指关塞和山岳。
2 歧路：岔道。
3 禁城：宫城。
4 凝红：指融有脂粉的眼泪。

欧阳炯

欧阳炯（约 896—971），益州华阳（今属四川成都市）人，五代十国时后蜀词人。在后蜀任职中书舍人。工诗文，长于词，又擅长笛，是花间派重要作家。

浣溪沙

其一

落絮残红半日天[1]，玉柔花醉[2]只思眠，惹窗映竹满炉烟。
独掩画屏愁不语，斜倚瑶枕髻鬟偏，此时心在阿谁[3]边？

其二

天碧罗衣[4]拂地垂，美人初着更相宜，宛风[5]如舞透香肌。
独坐含颦吹凤竹[6]，园中缓步折花枝，有情无力泥人[7]时。

1 半日天：中午时分。
2 玉柔花醉：形容美人倦怠的形象。玉柔，指女人洁白柔软的身体或手。
3 阿谁：谁，哪个。
4 天碧罗衣：天蓝色的罗绸衣裙。据说当时蜀地女衣以天蓝色为美。
5 宛风：即软风缭绕之意。
6 凤竹：泛指笙箫一类的管乐。古代将笙箫一类的乐器饰以凤形。
7 泥人：形容人无力、慵懒的样子。

其三

相见休言有泪珠，酒阑[1]重得叙欢娱，凤屏鸳枕宿金铺。

兰麝细香闻喘息，绮罗纤缕见肌肤，此时还恨薄情无[2]？

1　酒阑：酒意已深。

2　无：表示疑问。

三字令

春欲尽，日迟迟[1]，牡丹时。罗幌卷，翠帘垂。彩笺书，红粉泪，两心知。

人不在，燕空归，负佳期。香烬落，枕函[2]欹。月分明，花淡薄[3]，惹相思。

1 迟迟：日长而天暖。
2 枕函：枕套子。
3 淡薄：稀疏，稀少。

南乡子

其一

嫩草如烟，石榴花发海南天[1]。日暮江亭春影绿[2]，鸳鸯浴，水远山长看不足。

其二

画舸[3]停桡，槿花篱外竹横桥。水上游人沙上女，回顾，笑指芭蕉林里住。

1 海南天：泛指中国南方。

2 春影绿：指春景映于水中而成碧色。

3 画舸（gě）：彩饰的小船。

其三

岸远沙平，日斜归路晚霞明。孔雀自怜[1]金翠尾，临水[2]，认得行人惊不起。

其四

洞口谁家，木兰船系木兰花。红袖女郎相引去[3]，游南浦，笑倚春风相对语。

1 自怜：自爱。

2 临水：指孔雀临水照影。

3 相引去：相互邀约而去。引，招引。

其五

二八花钿[1]，胸前如雪脸如莲。耳坠金环穿瑟瑟[2]，霞衣窄[3]，笑倚江头招远客。

其六

路入南中[4]，桄榔[5]叶暗蓼花红。两岸人家微雨后，收红豆，树底纤纤抬素手。

1 二八花钿：戴着花钿的少女。二八，十六岁。
2 瑟（sè）瑟：珠玉的一种。
3 霞衣窄：彩衣苗条。
4 南中：指南国。
5 桄（guāng）榔：南方常绿乔木，棕榈树的一种，亦称“砂糖椰子”。

其七

袖敛鲛绡，采香深洞笑相邀。藤杖枝头芦酒滴，铺葵席，豆蔻花间趖[1]晚日。

其八

翡翠鵁鶄，白蘋香里小沙汀。岛上阴阴秋雨色，芦花扑[2]，数只鱼船何处宿？

1 趖（suō）：走，散步之意。
2 芦花扑：芦苇花白，如柳絮，风吹四散，故曰“扑”。

献衷心

见好花颜色，争笑东风。双脸上，晚妆同。闭小楼深阁，春景重重。三五夜，偏有恨，月明中。

情未已，信曾通，满衣犹自染檀[1]红。恨不如双燕，飞舞帘栊。春欲暮[2]，残絮尽，柳条空。

1 檀：浅绛色。

2 欲暮：即将逝去。

贺明朝

其一

忆昔花间初识面，红袖半遮，妆脸轻转。石榴裙带[1]，故将纤纤玉指偷捻，双凤金线。

碧梧桐锁深深院。谁料得两情，何日教缱绻[2]？羡春来双燕，飞到玉楼，朝暮相见。

其二

忆昔花间相见后，只凭纤手，暗抛红豆。人前不解，巧传心事。别来依旧，辜负春昼。

碧罗衣上蹙[3]金绣，睹对对鸳鸯，空裛[4]泪痕透。想韶颜[5]非久，终是为伊，只恁[6]偷瘦。

1 石榴裙带：石榴花色的裙带，即鲜红色。
2 缱绻（qiǎn quǎn）：感情融洽，难分难舍。
3 蹙（cù）：收缩，这里指折叠后出现了皱纹。
4 裛（yì）：沾湿、浸染之意。
5 韶颜：年轻美丽的容颜。
6 恁（nèn）：这样。

江城子

晚日金陵岸草平，落霞明，水无情。六代繁华，暗逐逝波声[1]。空有姑苏台上月，如西子[2]镜，照江城[3]。

1 暗逐逝波声：默默地随江水东流的声音消逝了。

2 西子：即西施。春秋时由越王勾践献给吴王夫差的美女。

3 江城：指金陵，古属吴地。

凤楼春

凤髻绿云丛[1]，深掩房栊。锦书通，梦中相见觉来慵[2]。匀面泪脸珠融。因想玉郎何处去，对淑景[3]谁同？

小楼中，春思无穷。倚阑颙望[4]，暗牵愁绪，柳花飞起东风。斜日照帘，罗幌香冷粉屏空。海棠零落，莺语残红。

1 绿云丛：头发蓬松细腻。

2 觉来慵：醒来后神情倦怠。

3 淑景：美景。

4 颙（yóng）望：仰望。

和凝

和凝（898—955），字成绩，郓州须昌（今山东省东平市）人。聪敏好学，博览群书，喜爱文学，长于短歌艳曲，作品风格浮艳。诗有《宫词》百首，多为粉饰太平之作。

小重山

其一

春入神京[1]万木芳。禁林莺语滑[2]，蝶飞狂。晓花擎露妒啼妆[3]。红日永，风和百花香。

烟锁柳丝长。御沟澄碧水，转池塘。时时微雨洗风光。天衢远[4]，到处引笙簧。

其二

正是神京烂熳时。群仙[5]初折得，郄诜枝[6]。乌犀[7]白纻[8]最相宜，精神出，御陌袖鞭垂。

柳色展愁眉。管弦分响亮，探花期[9]。光阴占断曲江池。新榜上，名姓彻[10]丹墀[11]。

1 神京：京都。
2 莺语滑：莺啼声流利清脆。
3 妒啼妆：娇美含泪的姿态。
4 天衢远：皇城中的道路深远。
5 群仙：指新及第的进士。
6 郄诜（xì shēn）枝：登科的意思。
7 乌犀（xī）：带钩。
8 白纻（zhù）：用苎麻纤维织成的白色夏布。
9 探花期：及第之后在曲江上宴饮之时。
10 彻：通，这里有“传布”的意思。
11 丹墀（chì）：宫殿台阶上的平地以红漆涂之，呈丹色。

临江仙

其一

海棠香老春江晚，小楼雾縠[1]空蒙。翠鬟初出绣帘中，麝烟鸾珮惹蘋风。

碾玉钗摇㶉鶒战，雪肌云鬓将融。含情遥指碧波东，越王台殿[2]蓼花红。

其二

披袍窣地红宫锦，莺语时啭轻音。碧罗冠子稳犀簪[3]，凤凰双飐步摇金。

肌骨细匀红玉软[4]，脸波微送春心。娇羞不肯入鸳衾，兰膏光[5]里两情深。

1 雾縠（hú）：轻纱般的薄雾。
2 越王台殿：指五代十国时期的吴越国王的亭台宫殿，亦即女子故国宫殿。
3 犀簪：用犀角制的簪。
4 红玉软：肤色柔美。
5 兰膏光：灯光。

菩萨蛮

越梅半坼轻寒里，冰清淡薄笼蓝水。暖觉杏梢红，游丝[1]狂惹[2]风。

闲阶莎[3]径碧，远梦犹堪惜。离恨又迎春，相思难重陈。

1 游丝：蜘蛛等虫类吐的丝缕，随风在空中飘游，游丝多出现在春天晴日。

2 狂惹：轻狂地逗引风吹。

3 莎（suō）：莎草，多生于潮湿地。

山花子

其一

莺锦蝉縠馥麝脐，轻裾花草晓烟迷。鸂鶒颤金[1]红掌[2]坠，翠云[3]低。

星靥笑偎霞脸畔，蹙金开襜衬银泥[4]。春思半和芳草嫩，碧萋萋。

其二

银字笙寒调正长，水纹簟冷画屏凉。玉腕[5]重，金扼臂[6]，淡梳妆。

几度试香纤手暖，一回尝酒绛唇光。佯弄红丝绳拂子，打檀郎[7]。

1 颤金：金光闪烁。

2 红掌：钗的垂须。

3 翠云：比喻头发。

4 银泥：涂染着银色。

5 玉腕：洁白的手腕上戴着金圈。

6 金扼（è）臂：手臂上戴的金圈、金镯之类的饰物。

7 檀郎：晋潘安小字檀奴，姿仪秀美。后以檀郎为美男子的代称。

柯亭寫

河满子

其一

正是破瓜[1]年几，含情惯[2]得人饶[3]。桃李精神鹦鹉舌，可堪虚度良宵。却爱蓝罗裙子，羡他长束纤腰。

其二

写得鱼笺无限，其如花锁春晖。目断巫山云雨，空教残梦依依。却爱熏香小鸭，羡他长在屏帏。

1 破瓜：旧时文人拆“瓜”字为二八字以纪年，谓十六岁。诗文中多用于女子。

2 惯：纵容。

3 人饶：要人相让、宽恕。

薄命女

天欲晓，宫漏穿花声缭绕，窗里星光少。冷霞寒侵帐额，残月光沉树杪[1]。梦断锦帷空悄悄，强起愁眉小[2]。

1　树杪：树梢。

2　愁眉小：因锁紧眉头，故眼眉显得比平时小。

望梅花

春草全无消息，腊雪犹余踪迹。越岭[1]寒枝香自坼，冷艳奇芳堪惜。何事寿阳无处觅，吹入谁家横笛？

1 越岭：指梅岭，位于广东、江西交界处，相传汉武帝时，有姓庾的将军筑城岭下，故又名大庾岭。

天仙子

其一

柳色[1]披衫金缕凤，纤手轻拈红豆弄。翠蛾双敛正含情，桃花洞[2]，瑶台[3]梦，一片春愁谁与共？

其二

洞口春红飞蔌蔌，仙子含愁眉黛绿。阮郎[4]何事不归来？懒烧金，慵篆玉，流水桃花空断续。

1 柳色：深绿色。
2 桃花洞：指仙女所居之处。
3 瑶台：泛指仙人所居之处。
4 阮郎：阮肇，此泛指所爱之人。

春光好

其一

纱窗暖，画屏闲，亸云鬟。睡起四肢无力，半春闲。

玉指剪裁罗胜，金盘点缀酥山。窥宋深心无限事，小眉弯。

其二

蘋叶软，杏花明，画船轻。双浴鸳鸯出绿汀[1]，棹歌声。

春水无风无浪，春天半雨半晴。红粉[2]相随南浦晚，几含情。

1 绿汀（tīng）：芳草丛生的水边平地。

2 红粉：借代为女子。

采桑子

蛸蛴领上诃梨子，绣带双垂。椒户[1]闲时，竞学樗蒲赌荔枝。

丛头鞋子红编细，裙窣金丝。无事颦眉，春思翻教[2]阿母疑。

1　椒户：香房。“椒”为香料，以其末和泥涂室，取其香暖。

2　翻教：反使。

柳枝

其一

软碧摇烟[1]似送人，映花时把翠蛾颦[2]。青青自是风流主，慢飐金丝待洛神。

其二

瑟瑟[3]罗裙金缕腰，黛眉偎破未重描。醉来咬损新花子[4]，拽住仙郎[5]尽放娇。

1 软碧摇烟：柔软碧色的枝条，摇荡着绿色有如烟雾。
2 翠蛾颦：将柳枝拟人化，其翠叶如蛾眉常皱。
3 瑟瑟：碧绿闪光的样子。
4 花子：古时妇女面部的一种饰物。
5 仙郎：唐代称尚书省各部郎中、员外郎为“仙郎”。

其三

鹊桥初就咽银河，今夜仙郎自姓和[1]。不是昔年攀桂[2]树，岂能月里[3]索姮娥？

1 自姓和：和凝自称，意思是吾非牛郎，而是和郎。

2 攀桂：喻登科及第。

3 月里：喻中举后游冶之处。

渔父

白芷汀寒立鹭鸶，蘋风轻剪[1]浪花时。烟幂幂[2]，日迟迟，香引芙蓉惹钓丝。

1 轻剪：轻轻吹开。

2 幂幂：形容烟雾笼罩、迷迷茫茫的样子。

顾夐

顾夐（xiòng）（生卒年不详），五代词人。词风似温庭筠，存五十五首，全部写男女艳情。

虞美人

其一

晓莺啼破相思梦，帘卷金泥凤。宿妆犹在酒初醒，翠翘慵整倚云屏，转娉婷。

香檀细画侵桃脸，罗袂轻轻敛。佳期[1]堪恨再难寻，绿芜满院柳成阴，负春心[2]。

其二

触帘风送景阳钟，鸳被绣花重[3]。晓帷初卷冷烟浓，翠匀粉黛好仪容，思娇慵。

起来无语理朝妆，宝匣镜凝光。绿荷相倚满池塘，露清枕簟藕花香，恨悠扬。

1 佳期：指男女幽会。
2 负春心：辜负了女子对男子的爱慕之情。
3 绣花重：花纹繁丽。

其三

翠屏闲掩垂珠箔，丝雨笼池阁。露沾红藕咽清香，谢娘娇极不成[1]狂，罢朝妆。

小金鸂鶒沉烟细，腻枕堆云髻。浅眉微敛注檀[2]轻，旧欢时有梦魂惊，悔多情。

其四

碧梧桐映纱窗晚，花谢莺声懒。小屏屈曲掩青山，翠帷香粉玉炉寒[3]，两眉攒[4]。

颠狂少年轻离别，辜负春时节。画罗红袂有啼痕，魂销[5]无语倚闺门，欲黄昏。

1 不成：有“几乎”“将是”的意思。
2 注檀：点唇，涂口红。
3 玉炉寒：香炉中已熄火。
4 攒：聚集在一起。
5 魂销：神情恍惚，心事重重。

其五

深闺春色劳思想，恨共春芜长。黄鹂娇啭泥芳妍[1]，杏枝如画倚轻烟，琐窗前。

凭栏愁立双蛾细，柳影斜摇砌[2]。玉郎[3]还是不还家，教人魂梦逐杨花[4]，绕天涯。

其六

少年艳质胜琼英[5]，早晚别三清。莲冠稳簪钿篦横，飘飘罗袖碧云轻，画难成。

迟迟少转腰身袅，翠靥眉心小。醮坛风急杏枝香，此时恨不驾鸾凰，访刘郎。

1 芳妍：指花丛。
2 砌：台阶。
3 玉郎：古代女子对丈夫的爱称。
4 杨花：柳絮。
5 琼英：玉色的花朵。

河传

其一

燕飏，晴景。小窗屏暖，鸳鸯交颈。菱花[1]掩却翠鬟欹，慵整，海棠帘外影。

绣帷香断金鸂鶒，无消息，心事空相忆。倚东风，春正浓，愁红[2]，泪痕衣上重。

其二

曲槛[3]，春晚。碧流纹细，绿杨丝软。露花鲜，杏枝繁，莺啭，野芜平似剪。

直是[4]人间到天上，堪游赏，醉眼疑屏障。对池塘，惜韶光，断肠，为花须尽狂。

1 菱花：指镜子。

2 愁红：见红花而引起愁绪。

3 曲槛（jiàn）：曲折的栏杆。

4 直是：正是，果然是。

其三

棹举，舟去。波光渺渺，不知何处。岸花汀草共依依，雨微，鹧鸪相逐飞。

天涯离恨江声咽，啼猿切，此意向谁说？倚兰桡，独无聊，魂销，小炉香欲焦。

甘州子

其一

一炉龙麝锦帷傍，屏掩映，烛荧煌[1]。禁楼[2]刁斗喜初长，罗荐[3]绣鸳鸯。山枕[4]上，私语口脂香。

其二

每逢清夜与良辰，多怅望，足伤神。云迷水隔意中人，寂寞绣罗茵[5]。山枕上，几点泪痕新。

1 荧煌：闪烁、忽明忽暗。
2 禁楼：皇城的楼阁。
3 荐：垫席。
4 山枕：两端突起而中凹的枕头。或曰，古人用屏风围枕，谓之枕屏，屏上画山水，故词家称为山枕。
5 罗茵：华美的垫席、褥子。

其三

曾如刘阮访仙踪，深洞客[1]，此时逢。绮筵散后绣衾同，款曲[2]见韶容。山枕上，长是怯晨钟。

其四

露桃[3]花里小楼深，持玉盏，听瑶琴。醉归青琐[4]入鸳衾，月色照衣襟。山枕上，翠钿镇[5]眉心。

1 深洞客：既指刘、阮所遇之仙女，也指所爱的深闺女子。

2 款曲：殷勤、缠绵。

3 露桃：露井上的桃树。

4 青琐：古时窗、墙雕刻连锁形，用青漆涂饰。此处以“青琐”代指“室内”。

5 镇：紧贴着，压着。

其五

红炉[1]深夜醉调笙，敲拍处，玉纤轻[2]。小屏古画岸低平，烟月满闲庭。山枕上，灯背脸波横。

1 红炉：正燃着的香炉。

2 玉纤轻：指玉手轻轻拍按节奏。

玉楼春

其一

月照玉楼春漏促，飒飒风摇庭砌竹。梦惊鸳被觉来时，何处管弦声断续？

惆怅少年游冶[1]去，枕上两蛾攒细绿。晓莺帘外语花枝，背帐犹残红蜡烛。

其二

柳映玉楼春日晚，雨细风轻烟草软。画堂鹦鹉语雕笼[2]，金粉小屏犹半掩。

香灭绣帏人寂寂，倚槛无言愁思远。恨郎何处纵疏狂[3]，长使含啼眉不展。

1 游冶：迷恋声色。

2 雕笼：雕有花纹的鸟笼。

3 纵疏狂：纵情地游乐。

其三

月皎露华窗影细，风送菊香沾绣袂。博山炉冷水沉微，惆怅金闺终日闭。

懒展罗衾垂玉箸[1]，羞对菱花簪宝髻。良宵好事枉教休，无计奈他狂耍婿[2]。

其四

拂水双飞来去燕，曲槛小屏山六扇。春愁凝思结眉心，绿绮懒调红锦荐[3]。

话别情多声欲颤，玉箸痕留红粉面。镇长[4]独立到黄昏，却怕良宵频梦见。

1 玉箸：喻眼泪。

2 狂耍婿：狂放无羁的丈夫。

3 红锦荐：以红色锦绣为席垫。

4 镇长：常常很久地。镇，常。

浣溪沙

其一

春色迷人恨正赊[1]，可堪荡子[2]不还家，细风轻露着梨花。

帘外有情双燕飏，槛前无力绿杨斜，小屏狂梦[3]极天涯。

其二

红藕香寒翠渚平，月笼虚阁[4]夜蛩[5]清，塞鸿惊梦两牵情。

宝帐玉炉残麝冷[6]，罗衣金缕暗尘生，小窗孤独泪纵横。

1 赊（shē）：多。
2 荡子：指辞家远出、羁旅忘返的男子。
3 狂梦：荒诞之梦。一说“痴梦”。
4 虚阁：空阁。
5 蛩（qióng）：蟋蟀，又称“吟蛩”。
6 残麝冷：麝香烧烬。

其三

荷芰[1]风轻帘幕香，绣衣鸂鶒泳回塘，小屏闲掩旧潇湘。

恨入空帷鸾影独，泪凝双脸渚莲光[2]，薄情年少悔思量。

其四

惆怅经年别谢娘，月窗花院好风光，此时相望最情伤。

青鸟不来传锦字，瑶姬[3]何处锁兰房[4]？忍[5]教魂梦两茫茫！

1 芰（jì）：菱科植物，生水中，叶浮水面，夏日开白色花，果实为菱角。

2 渚莲光：形容面如荷花，光彩诱人。

3 瑶姬：美丽的姑娘。

4 兰房：幽静雅致的房间。

5 忍：怎能，岂可。反诘句用此。

其五

庭菊飘黄玉露浓，冷莎偎砌[1]隐鸣蛩，何期[2]良夜得相逢？
背帐风摇红蜡滴，惹香暖梦绣衾重，觉来枕上怯晨钟。

其六

云淡风高叶乱飞，小庭寒雨绿苔微，深闺人静掩屏帷。
粉黛[3]暗愁金带枕，鸳鸯空绕画罗衣，那堪辜负不思归？

1 冷莎偎砌：指莎草沿着庭前台阶生长。
2 期：料想。
3 粉黛：代指妇女。

其七

雁响遥天玉漏清，小纱窗外月胧明，翠帏金鸭炷香平[1]。
何处不归音信断？良宵空使梦魂惊，簟凉枕冷不胜情[2]。

其八

露白蟾明又到秋，佳期幽会两悠悠，梦牵情役几时休。
记得泥[3]人微敛黛，无言斜倚小书楼，暗思前事不胜愁。

1 炷香平：燃香之烟缓缓弥漫。
2 不胜情：情思不尽。
3 泥：怜爱，留恋。做动词用。

酒泉子

其一

杨柳舞风，轻惹春烟残雨。杏花愁，莺正语，画楼东。

锦屏寂寞思无穷，还是不知消息。镜尘生[1]，珠泪滴，损仪容[2]。

其二

罗带缕金，兰麝烟凝魂断。画屏欹，云鬓乱，恨难任[3]。

几回垂泪滴鸳衾，薄情何处去？月临窗，花满树，信沉沉[4]。

1 镜尘生：久未对镜梳妆。

2 损仪容：因相思之苦而摧残了美丽的容颜。

3 任：经受，承受。

4 信沉沉：消息杳然。

其三

小槛日斜，风度绿窗人悄悄。翠帷闲掩舞双鸾，旧香[1]寒。

别来情绪转难判，韶颜看却老。依稀粉上有啼痕，暗销魂。

其四

黛薄红深，约掠[2]绿鬓云腻。小鸳鸯，金翡翠，称人心。

锦鳞无处传幽意，海燕兰堂春又去。隔年书，千点泪，恨难任。

1 旧香：香炉内的陈料，或称“宿香”。

2 约掠：粗略地梳理。

其五

掩却菱花，收拾翠钿休上面[1]。金虫[2]玉燕，锁香奁[3]，恨厌厌。

云鬓半坠懒重篸[4]，泪侵山枕湿，银灯背帐，梦方酣，雁飞南。

其六

水碧风清，入槛细香红藕腻。谢娘敛翠，恨无涯，小屏斜。

堪憎[5]荡子不还家，谩[6]留罗带结。帐深枕腻，炷沉烟，负当年。

1 上面：进行面妆。

2 金虫：又名绿金蝉，妇女的首饰制成金蝉之形。

3 奁（lián）：古代妇女梳妆时用的镜匣。

4 重篸：再进行梳理。

5 堪憎：可恨。

6 谩：虚假，引申为空。

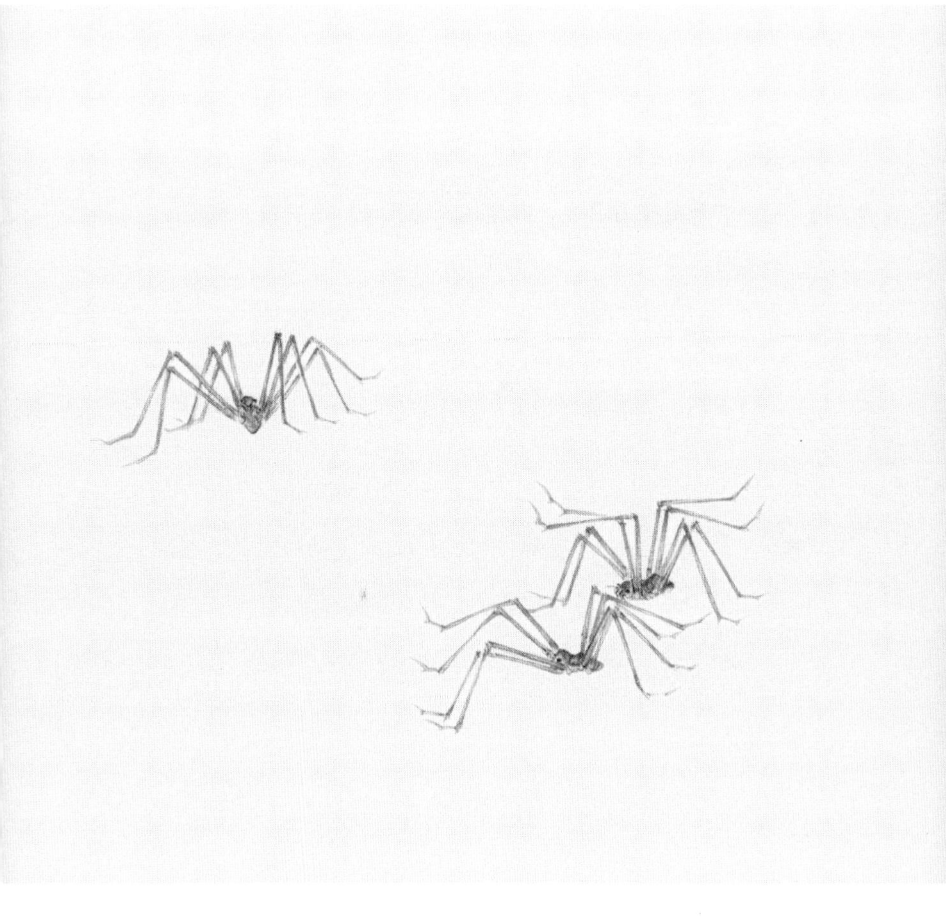

其七

黛怨红羞[1]，掩映画堂春欲暮。残花微雨，隔青楼，思悠悠。

芳菲时节看将度，寂寞无人还独语。画罗襦，香粉污，不胜愁。

1　黛怨红羞：眉带怨，面含羞。以其色借代其物。

杨柳枝

秋夜香闺思寂寥，漏迢迢[1]。鸳帷罗幌麝烟销，烛光摇。

正忆玉郎游荡去，无寻处。更闻帘外雨萧萧，滴芭蕉。

1　漏迢迢：更漏之声悠长。古时以漏壶滴水计时。

遐方怨

帘影细，簟纹平。象纱[1]笼玉指，缕金罗扇轻。嫩红双脸似花明，两条眉黛远山横[2]。

凤箫歇，镜尘生。辽塞[3]音书绝，梦魂长暗惊。玉郎经岁负娉婷，教人怎不恨无情。

1 象纱：纱名，薄而略透明。

2 远山横：指眉着黛色如远山横卧。

3 辽塞：泛指边塞。

献衷心

绣鸳鸯帐暖，画孔雀屏欹。人悄悄，明月时。想昔年欢笑，恨今日分离。银釭背[1]，铜漏永，阻佳期。

小炉烟细，虚阁帘垂。几多心事，暗地思惟。被娇娥牵役[2]，魂梦如痴。金闺里，山枕上，始应知。

1 背：背光，熄灭之意。

2 牵役：牵制、役使。

应天长

瑟瑟罗裙金线缕，轻透鹅黄香画袴。垂交带，盘鹦鹉，袅袅[1]翠翘移玉步。

背人匀[2]檀注，慢转横波偷觑。敛黛春情暗许[3]，倚屏慵不语。

1 袅袅：这里指金钗之类的头饰因走动而颤抖的样子。

2 匀：涂。

3 春情暗许：指把爱情偷偷地向他表达。

诉衷情

其一

香灭帘垂春漏永[1]，整鸳衾。罗带重，双凤，缕黄金。窗外月光临，沉沉。断肠[2]无处寻，负春心[3]。

其二

永夜抛人何处去，绝来音。香阁掩，眉敛，月将沉。争忍[4]不相寻，怨孤衾[5]。换我心，为你心，始知相忆深。

1 春漏永：春夜长。
2 断肠：指断肠人，即情人。
3 春心：在古典诗、词、曲、小说中常指男女性爱。
4 争忍：怎忍。
5 孤衾：喻独宿。

荷叶杯

其一

春尽小庭花落，寂寞，凭槛敛双眉。忍教[1]成病忆佳期，知摩[2]知，知摩知？

其二

歌发谁家筵上，寥亮[3]，别恨正悠悠。兰釭背帐[4]月当楼，愁摩愁，愁摩愁？

1 忍教：岂忍教，反诘词。
2 摩：表疑问语气，助词。
3 寥亮：嘹亮，清晰可闻。
4 兰釭背帐：香灯熄，罗帐掩。

其三

弱柳好花尽折，晴陌[1]，陌上少年郎。满身兰麝扑人香，狂摩狂，狂摩狂？

其四

记得那时相见，胆颤，鬓乱四肢柔。泥人[2]无语不抬头，羞摩羞，羞摩羞？

1 晴陌：阳光照着的道路。
2 泥人：粘贴着人，软缠着人。

其五

夜久歌声怨咽[1]，残月。菊冷露微微，看看湿透缕金衣。归摩归，归摩归？

其六

我忆君诗最苦，知否？字字尽关心。红笺[2]写寄表情深。吟摩吟，吟摩吟？

1 怨咽：形容歌声含怨而时高时低、断断续续，即如泣如诉之意。

2 红笺：古时一种精美的小幅红纸，多作名片、请柬和题诗词用。

其七

金鸭香浓鸳被，枕腻。小髻簇花钿，腰如细柳脸如莲。怜摩怜，怜摩怜？

其八

曲砌[1]蝶飞烟暖，春半[2]。花发柳垂条，花如双脸柳如腰。娇摩娇，娇摩娇？

1 曲砌：曲折的台阶。
2 春半：仲春，二月。

其九

一去又乖[1]期信[2]，春尽，满院长莓苔。手挼[3]裙带独徘徊，来摩来，来摩来？

1 乖：违背。
2 期信：相见的约定。
3 挼：揉搓。

渔歌子

晓风清，幽沼绿，倚栏凝望珍禽浴。画帘垂，翠屏曲，满袖荷香馥郁。

好摅[1]怀，堪寓目[2]，身闲心静平生足。酒杯深，光影促[3]，名利无心较逐。

1 摅（shū）：表达，抒发。
2 寓（yù）目：过目。
3 光影促：光阴短促，这里指人生短促。

临江仙

其一

碧染长空池似镜，倚楼闲望凝情。满衣红藕细香清。象床珍簟[1]，山障掩，玉琴横。

暗想昔时欢笑事，如今赢得愁生。博山炉[2]暖淡烟轻。蝉吟人静，残日傍，小窗明。

其二

幽闺小槛春光晚，柳浓花淡莺稀。旧欢思想尚依依，翠颦红敛，终日损芳菲。

何事[3]狂夫[4]音信断，不如梁燕犹归。画堂深处麝烟微，屏虚枕冷，风细雨霏霏。

1 象床珍簟：华贵的床和垫席。

2 博山炉：一种精美的香炉。

3 何事：为什么。

4 狂夫：这里是对自己丈夫的称呼，带怨意。

其三

月色穿帘风入竹，倚屏双黛愁时。砌花[1]含露两三枝。如啼恨脸[2]，魂断损容仪。

香烬暗销金鸭冷，可堪辜负前期。绣襦不整鬓鬟欹。几多惆怅，情绪在天涯。

1 砌花：台阶上的花朵。

2 如啼恨脸：如美女带怨而流泪的脸。

醉公子

其一

漠漠秋云淡，红藕香侵槛。枕倚小曲屏，金铺向晚扃[1]。

睡起横波慢，独望情何限。衰柳数声蝉，魂销似去年。

其二

岸柳垂金线，雨晴莺百啭。家住绿杨边，往来多少年。

马嘶芳草远，高楼帘半卷。敛袖翠娥攒，相逢尔许[2]难。

1 扃（jiōng）：门窗箱柜上的插关。这里指关门。

2 尔许：如许，这样。

更漏子

旧欢娱，新怅望，拥鼻含颦楼上。浓柳翠，晚霞微，江鸥接翼飞。

帘半卷，屏斜掩，远岫[1]参差迷眼。歌满耳，酒盈尊，前非不要论。

1 远岫：远山。

孙光宪

孙光宪（约 895—968），字孟文，自号葆光子，五代至北宋大臣、文学家。词存八十四首，风格与花间派的浮艳、绮靡有所不同。

浣溪沙

其一

蓼岸[1]风多橘柚香，江边一望楚天[2]长，片帆烟际闪孤光。

目送征鸿飞杳杳，思随流水去茫茫，兰红[3]波碧忆潇湘。

其二

桃杏风香帘幕闲，谢家门户约[4]花关，画梁幽语燕初还。

绣阁数行题了[5]壁，晓屏一枕酒醒山，却疑身是梦魂间。

1 蓼岸：开满蓼花的江岸。

2 楚天：古时长江中下游一带属楚国。泛指南方的天空。

3 兰红：即红兰，植物名，秋天开红花。

4 约：收束。

5 题了：题罢。

其三

花渐凋疏不耐风，画帘垂地晚堂空，堕阶萦藓舞愁红[1]。

腻粉半沾金靥子，残香犹暖绣熏笼，蕙心[2]无处与人同。

其四

揽镜无言泪欲流，凝情半日懒梳头，一庭疏雨湿春愁。

杨柳只知伤怨别，杏花应信损娇羞，泪沾魂断轸[3]离忧。

1 愁红：指落花。

2 蕙心：既指落花之心，又指闺人之心。

3 轸（zhěn）：悲痛。

其五

半踏[1]长裾宛约行，晚帘疏处见分明[2]，此时堪恨昧平生。

早是魂销残烛影，更愁闻着品[3]弦声，杳无消息若为[4]情。

其六

兰沐[5]初休[6]曲槛前，暖风迟日洗头天，湿云[7]新敛未梳蝉。

翠袂半将遮粉臆[8]，宝钗长欲坠香肩，此时模样不禁怜。

1 半踏：小步。

2 分明：明确，清楚。

3 品：弹奏，品尝。

4 若为：何为，怎为。

5 兰沐：用兰香融水洗发。

6 初休：刚洗完。

7 云：喻头发。

8 臆：胸部。

其七

风递残香出绣帘，团窠[1]金凤舞襜襜[2]，落花微雨恨相兼。
何处去来狂太甚，空推[3]宿酒睡无厌，怎教人不别猜嫌？

其八

轻打银筝坠燕泥，断丝高罥[4]画楼西，花冠闲上午墙[5]啼。
粉箨[6]半开新竹径，红苞尽落旧桃蹊[7]，不堪终日闭深闺。

1 团窠：圆形的。
2 襜襜：摇动的样子。
3 空推：用假言相推脱。
4 罥（juàn）：挂。
5 午墙：中墙，正面的墙。
6 箨（tuò）：竹笋外衣。
7 桃蹊：桃树下的路。

其九

乌帽斜欹倒佩鱼，静街偷步访仙居[1]，隔墙应认打门初。

将见客时微掩敛，得人怜处且生疏，低头羞问壁边书。

1 访仙居：游访仙人所居之地。这里特指娼妓所居之处。

河传

其一

太平天子[1]，等闲游戏，疏河千里。柳如丝，偎倚，绿波春水，长淮[2]风不起。

如花殿脚三千女，争云雨，何处留人住？锦帆风，烟际红，烧空[3]，魂迷大业[4]中。

其二

柳拖金缕，着烟笼雾，濛濛落絮。凤凰舟上楚女，妙舞，雷喧波上鼓。

龙争虎战分中土[5]，人无主，桃叶江南渡。襞[6]花笺，艳思牵，成篇，宫娥相与传。

1 太平天子：指隋炀帝。

2 长淮：淮河。

3 烧空：双关语，既写红光弥漫如火燎天际，又指炀帝繁华一炬而空。

4 大业：隋炀帝的年号。

5 中土：泛指中原。

6 襞（bì）：褶（zhě）子，衣服上的折痕。这里做动词用，折叠之意。

其三

花落烟薄，谢家[1]池阁。寂寞春深。翠蛾轻敛意沉吟，沾襟，无人知此心。

玉炉香断霜灰冷，帘铺影[2]，梁燕归红杏。晚来天，空悄然，孤眠，枕檀云髻偏。

其四

风飐波敛，团荷闪闪，珠倾露点。木兰舟上，何处吴娃越艳[3]？藕花红照脸。

大堤狂杀襄阳客，烟波隔，渺渺湖光白。身已归，心不归，斜晖，远汀鸂鶒飞。

1 谢家：泛指美妇人家。

2 铺影：布影，洒影。

3 吴娃越艳：指吴越一带的美丽姑娘。

菩萨蛮

其一

月华[1]如水笼香砌，金环碎撼[2]门初闭。寒影堕高檐，钩垂一面[3]帘。

碧烟轻袅袅，红颤[4]灯花笑。即此是高唐，掩屏秋梦长。

其二

花冠[5]频鼓[6]墙头翼，东方淡白连窗色。门外早莺声，背楼残月明。

薄寒笼醉态，依旧铅华在。握手送人归，半拖金缕衣。

1 月华：月光。
2 碎撼：无节奏地摇动。
3 一面：一幅。
4 红颤：红火闪动。
5 花冠：公鸡。
6 鼓：扇动。

其三

小庭花落无人扫，疏香[1]满地东风老[2]。春晚信沉沉，天涯何处寻？

晓堂屏六扇，眉共湘山远。怎奈别离心，近来尤不禁[3]。

其四

青岩碧洞经朝雨，隔花相唤南溪去。一只木兰船，波平远浸天[4]。

扣舷惊翡翠，嫩玉抬香臂。红日欲沉西，烟中遥解觿[5]。

1 疏香：残花。

2 东风老：暮春之时。

3 不禁：受不住。

4 浸天：与天相接，即水天一色。

5 觿（xī）：古时用骨头制的解绳结的锥子。

其五

木绵花映丛祠[1]小，越禽声里春光晓。铜鼓与蛮歌，南人祈赛多。

客帆风正急，茜[2]袖偎墙[3]立。极浦[4]几回头，烟波无限愁。

1 丛祠：荒祠野庙。
2 茜：草，可做红色染料。
3 墙：一本作“樯”，桅杆。
4 极浦：远水。

河渎神

其一

汾水碧依依，黄云落叶初飞。翠华一去不言归，庙门空掩斜晖。

四壁阴森排古画，依旧琼轮羽驾[1]。小殿沉沉清夜，银灯飘落香灺[2]。

其二

江上草芊芊[3]，春晚湘妃庙[4]前。一方卵色[5]楚南天，数行征雁联翩。

独倚朱栏情不极，魂断终朝相忆。两桨不知消息，远汀[6]时起鸂鶒。

1 琼轮羽驾：用玉做的车轮，用翠羽装饰的车盖，指古画上的神仙所乘车舆。

2 灺（xiè）：灯烛烧后的余灰。

3 芊芊：形容草木茂盛。

4 湘妃庙：尧的两女，后为舜之二妃，舜死于苍梧，二妃死于江湘之间。立庙于洞庭君山之上，曰“湘妃庙”。

5 卵色：蛋青色。古多用以形容天的颜色。

6 汀：水边平地。

虞美人

其一

红窗寂寂无人语，暗淡梨花雨。绣罗纹地粉新描，博山香炷旋抽条[1]，暗魂销。

天涯一去无消息，终日长相忆。教人相忆几时休，不堪枨[2]触别离愁，泪还流。

其二

好风微揭帘旌[3]起，金翼鸾[4]相倚。翠檐愁听乳禽声，此时春态[5]暗关情，独难平。

画堂流水空相翳，一穗香摇曳。教人无处寄相思，落花芳草过前期[6]，没人知。

1　旋抽条：形容喷烟的状态。

2　枨（chéng）：触动。

3　帘旌：帘幕。

4　金翼鸾：鸾翼以金色绘成，指帘上花纹。

5　春态：美好的容态。

6　过前期：超过了所约定会面的期限。

后庭花

其一

景阳钟动宫莺啭，露凉金殿。轻飙[1]吹起琼花[2]旋，玉叶如剪。

晚来高阁上，珠帘卷，见坠香[3]千片。修[4]蛾慢[5]脸陪雕辇[6]，后庭新宴。

其二

石城依旧空江国，故宫春色。七尺青丝芳草碧，绝世难得。

玉英[7]凋落尽，更何人识？野棠如织。只是教人添怨忆，怅望无极。

1　轻飙（biāo）：轻风。
2　琼花：指色泽鲜丽如玉的花朵。
3　坠香：落花。
4　修：细长。
5　慢：娇美。
6　雕辇：皇帝所乘之车。
7　玉英：玉之精华。这里指张贵妃如玉英般的美色。

生查子

其一

寂寞掩朱门，正是天将暮。暗淡小庭中，滴滴梧桐雨。

绣工夫，牵心绪，配尽鸳鸯缕[1]。待得没人时，偎倚论私语。

其二

暖日策[2]花骢，嚲鞚[3]垂杨陌。芳草惹烟青，落絮随风白。

谁家绣毂[4]动香尘，隐映神仙客？狂杀玉鞭郎，咫[5]尺音容隔。

1 鸳鸯缕：绣鸳鸯的彩线。

2 策：驱，骑，作动词用。

3 嚲鞚（duǒ kòng）：让马慢慢地走。嚲，下垂，动词。鞚，马勒。

4 毂：车轮轴。

5 咫（zhǐ）：八寸。

其三

金井堕高梧，玉殿笼斜月。永巷[1]寂无人，敛态愁堪绝。

玉炉寒，香烬灭，还似君恩歇。翠辇[2]不归来，幽恨将谁说？

1　永巷：皇宫中的长巷，幽闭宫女之有过错者。

2　翠辇：帝王所乘车舆。

临江仙

其一

霜拍井梧干叶堕，翠帷雕槛初寒。薄铅残黛[1]称花冠[2]。含情无语，延伫倚栏干。

杳杳征轮[3]何处去？离愁别恨千般。不堪心绪正多端。镜奁长掩，无意对孤鸾[4]。

其二

暮雨凄凄深院闭，灯前凝坐初更[5]。玉钗低压鬓云横。半垂罗幕，相映烛光明。

终是有心投汉珮[6]，低头但理秦筝。燕双鸾耦不胜情。只愁明发[7]，将逐楚云[8]行。

1 薄铅残黛：淡妆。
2 称（chèn）花冠：人面与花冠相称，配得合适。
3 征轮：借代乘车远征之人。
4 鸾：镜子。
5 更：古时将一夜分为五更，每更约两个小时，初更相当于夜晚八九点钟。
6 汉珮：汉皋游女的珮珠。
7 明发：天明。
8 楚云：楚天行云。此处指略露闺人妒忌之意，唯恐所念之人另有所欢。

酒泉子

其一

空碛[1]无边，万里阳关道路。马萧萧[2]，人去去[3]，陇云愁。

香貂[4]旧制戎衣[5]窄，胡[6]霜千里白。绮罗[7]心，魂梦隔，上高楼。

其二

曲槛小楼，正是莺花二月。思无聊，愁欲绝，郁离襟[8]。

展屏空对潇湘水，眼前千万里。泪掩红[9]，眉敛翠，恨沉沉。

1 空碛：沙漠。
2 萧萧：马嘶声。
3 去去：一程又一程向远处走去。
4 香貂：贵重的貂皮（指征袍）。
5 戎衣：军衣。
6 胡：泛指西、北方的少数民族。
7 绮罗：有文彩的丝织品。这里指征人的妻子。
8 襟：借代为胸怀。
9 泪掩红：泪水掩住了脸上的胭脂，言泪水之多。

其三

敛态[1]窗前，袅袅雀钗抛颈。燕成双，鸾对影，耦新知。

玉纤淡拂眉山小，镜中嗔[2]共照。翠连娟，红缥缈，早妆时。

1 敛态：整理面容。

2 嗔（chēn）：生气，怪怨，这里有撒娇之意。

清平乐

其一

愁肠欲断，正是青春半[1]。连理[2]分枝鸾失伴，又是一场离散。

掩镜无语眉低，思随芳草萋萋。凭仗东风吹梦，与郎终日东西。

其二

等闲无语，春恨如何去。终是疏狂[3]留不住，花暗柳浓何处？

尽日目断[4]魂飞，晚窗斜界[5]残晖。长恨朱门薄暮，绣鞍骢马空归。

1 青春半：仲春二月。
2 连理：连理枝，比喻夫妻相爱。
3 疏狂：放荡任性。此指女子的情人。
4 目断：望断，眼睛所能看到的最远处。
5 斜界：斜射。

更漏子

其一

听寒更，闻远雁，半夜萧娘[1]深院。扃[2]绣户，下珠帘，满庭喷玉蟾[3]。

人语静，香闺冷，红幕半垂清影。云雨[4]态，蕙兰心[5]，此情江海深。

其二

今夜期[6]，来日别，相对只堪愁绝。偎粉面，捻瑶簪，无言泪满襟。

银箭落[7]，霜华薄，墙外晓鸡咿喔[8]。听吩嘱，恶[9]情悰[10]，断肠西复东。

1 萧娘：泛指少女。
2 扃：门闩。
3 喷玉蟾：洒月光。
4 云雨：代指合欢或求爱。
5 蕙兰心：形容女子贤淑之心。
6 期：约会。
7 银箭落：刻漏上的标箭已降下。意思是黑夜将尽。
8 咿喔：象声词，此指鸡鸣声。
9 恶：厌烦，动词，这里有悔恨之意。
10 悰（cóng）：欢乐的心情。

女冠子

其一

蕙风芝[1]露，坛际残香轻度。蕊珠宫，苔点分圆碧，桃花践破红。

品流巫峡外，名籍紫微中。真侣[2]墉城[3]会，梦魂通。

其二

淡花瘦玉，依约[4]神仙妆束。佩琼文，瑞露通宵贮，幽香尽日焚。

碧纱笼绛节，黄藕[5]冠浓云[6]。勿以吹箫伴[7]，不同群。

1 蕙、芝：均香草名。
2 真侣：得道成仙一类的伙伴们。
3 墉城：神仙所居之地。
4 依约：好像，仿佛。
5 黄藕：道士帽子之色。
6 浓云：喻头发。
7 吹箫伴：指箫史、弄玉。

风流子

其一

茅舍槿篱溪曲，鸡犬自南自北。菰叶[1]长，水葓[2]开，门外春波涨绿。听织，声促，轧轧鸣梭穿屋。

其二

楼倚长衢欲暮，瞥见神仙伴侣。微傅粉[3]，拢[4]梳头，隐映画帘开处。无语，无绪，慢曳罗裙归去。

1 菰（gū）叶：多年生草本植物，多生于中国南方浅水中。春天生新芽，嫩茎名茭白，可作蔬菜。

2 水葓：蕹菜，生于路旁和水边湿地，茎中空，亦称空心菜。

3 傅粉：搽粉。

4 拢：收束。

其三

金络玉衔[1]嘶马，系向绿杨阴下。朱户掩，绣帘垂，曲院水流花谢。欢罢[2]归也，犹在九衢[3]深夜。

1 金络玉衔：配有金络头玉嚼子的马。
2 欢罢：欢宴结束。
3 九衢：四通八达的大路。

定西番

其一

鸡禄山前游骑，边草白，朔天[1]明，马蹄轻。

鹊面弓离短韔[2]，弯来月欲成。一只鸣髇[3]云外，晓鸿惊。

其二

帝子[4]枕前秋夜，霜幄[5]冷，月华明，正三更。

何处戍楼寒笛？梦残闻一声。遥想汉关万里，泪纵横。

1 朔天：北方的天。

2 韔（chàng）：装弓的袋子。

3 鸣髇（xiāo）：响箭。

4 帝子：天女或神女称帝子，一说本指娥皇、女英；帝王之女的通称。这里指赴西番和亲的公主。

5 霜幄（wò）：沾满霜露的帐篷，一说指雪白的帐子。幄，篷帐、帐幕。

河满子

冠剑不随君去，江河还共恩深。歌袖半遮眉黛惨[1]，泪珠旋[2]滴衣襟。惆怅云愁雨怨，断魂何处相寻？

1　眉黛惨：眉目所带悲惨之色。

2　旋：随即。

玉蝴蝶

春欲尽，景仍长[1]，满园花正黄。粉翅两悠飏，翩翩过短墙。

鲜飙[2]暖，牵游伴，飞去立残芳。无语对萧娘[3]，舞衫沉麝香。

1 长：善。
2 鲜飙：春风。
3 萧娘：指代少女。

八拍蛮

孔雀尾拖金线长[1]，怕人飞起入丁香。越女沙头争拾翠，相呼归去背斜阳[2]。

1 金线长：指孔雀尾长如条条金线。

2 背斜阳：背对着夕阳向东归去。

竹枝

其一

门前春水竹枝白蘋花女儿[1]，岸上无人竹枝小艇斜女儿。商女[2]经过竹枝江欲暮女儿，散抛残食[3]竹枝饲神鸦[4]女儿。

其二

乱绳千结竹枝绊[5]人深女儿，越罗万丈竹枝表[6]长寻女儿。杨柳在身[7]竹枝垂意绪女儿，藕花落尽竹枝见莲心女儿。

1 竹枝、女儿：都是唱歌时的和声，女伴甚多，一人唱“门前春水”，众和“竹枝”；又唱“白蘋花”，众和“女儿”。
2 商女：歌女。
3 残食：碎食。
4 饲神鸦：喂乌鸦。因乌鸦栖息于神祠之上，故称“神鸦”。
5 绊：纠缠。
6 表：外衣。
7 在身：自身、本身。

思帝乡

如何[1]？遣情情更多！永日水晶帘下，敛羞蛾[2]。六幅[3]罗裙窣地[4]，微行曳碧波。看尽满池疏雨，打团荷[5]。

1 如何：为何，为什么。

2 敛羞蛾：指紧皱眉头。

3 六幅：六褶。

4 窣地：拂地。

5 团荷：圆的荷花。

上行杯

其一

草草[1]离亭鞍马，从远道，此地分襟[2]，燕宋秦吴千万里。

无辞一醉。野棠开，江草湿。伫立，沾衣泣[3]，征骑骎骎[4]。

其二

离棹[5]逡巡[6]欲动。临极浦，故人相送。去住[7]心情知不共。

金船满捧，绮罗[8]愁，丝管咽。回别，帆影灭，江浪如雪。

1 草草：匆匆之意。
2 分襟：分别。
3 沾衣泣：泣泪沾衣。
4 骎（qīn）骎：马走得很快的样子。
5 离棹：将离别的船。
6 逡（qūn）巡：迟疑不决、欲进不进的样子。
7 去住：离去与留下。
8 绮（qǐ）罗：穿绮罗之人，此指侍女、歌女。

谒金门

留不得，留得也应无益。白纻春衫[1]如雪色，扬州初去日。

轻别离，甘抛掷，江上满帆风疾。却羡彩鸳三十六[2]，孤鸾[3]还一只。

1　白纻春衫：古代士人未得功名时所穿的衣服。

2　三十六：约略之词，极言其多。

3　孤鸾：孤单的鸾鸟。比喻失去配偶或没有配偶的人。

思越人

其一

古台平，芳草远，馆娃宫外春深。翠黛[1]空留千载恨，教人何处相寻？

绮罗无复当时事，露花点滴香泪。惆怅遥天横绿水，鸳鸯对对飞起。

其二

渚莲[2]枯，宫树老，长洲[3]废苑萧条。想象玉人[4]空处所，月明独上溪桥。

经春初败秋风起，红兰绿蕙愁死。一片风流伤心地，魂销目断西子。

1 翠黛：翠眉，借代为美女，此处特指西施。

2 渚莲：渚洲上的荷叶。

3 长洲：吴王阖闾游猎之苑，在今江苏苏州。

4 玉人：指西施。

杨柳枝

其一

阊门[1]风暖落花干[2]，飞遍江城雪不寒[3]。独有晚来临水驿，闲人多凭赤阑干。

其二

有池有榭[4]即蒙蒙[5]，浸润翻成长养功。恰似有人长点检，着行[6]排立向春风。

1 阊门：苏州西北的城门。
2 落花干：落花为风吹尽。
3 雪不寒：花絮如雪，然而不寒，指柳絮。
4 榭：在台上盖的高屋。
5 蒙蒙：这里指柳絮纷飞如细雨飘洒的样子。
6 着行：排成行列。

其三

根柢[1]虽然傍浊河，无妨终日近笙歌。毵毵[2]金带谁堪比，还共黄莺不校多[3]。

其四

万株枯槁怨亡隋，似吊吴台[4]各自垂。好是淮阴[5]明月里，酒楼横笛不胜吹[6]。

1 根柢：树根。

2 毵（cān）毵：应作“毵（sān）毵”，枝条细长的样子。

3 不校多：差不多。指柳丝与黄莺相共，两者均不逊色。校，较，“差”的意思。

4 吴台：春秋时吴王所筑台阁。

5 淮阴：地名，今江苏淮阴西南，隋唐时设郡。

6 不胜吹：不能忍受（横笛）吹。

望梅花

数枝[1]开与短墙平，见雪萼红跗[2]相映。引起谁人边塞情。

帘外欲三更，吹断离愁月正明，空听隔江声。

1 数枝：指梅花。

2 跗（fū）：通“柎”。本为花的萼房。

渔歌子

其一

草芊芊，波漾漾。湖边草色连波涨。沿蓼岸，泊枫汀，天际玉轮[1]初上。

扣舷歌，联极望[2]，桨声伊轧知何向？黄鹄叫，白鸥眠，谁似侬家[3]疏旷？

其二

泛流萤，明又灭，夜凉水冷东湾阔。风浩浩，笛寥寥[4]，万顷金波[5]澄澈。

杜若[6]洲，香郁烈，一声宿雁霜时节。经霅水[7]，过松江，尽属侬家日月。

1 玉轮：明月。
2 联极望：向四边远望。
3 侬家：我，自称。
4 寥寥：稀疏。
5 金波：水面上闪动的月光。
6 杜若：香草。
7 霅（zhà）水：即霅溪，在浙江吴兴县，东北流入太湖。

魏承班

魏承班（?—925），词风以浓艳为主，描摹细腻，有柔情似水、“剪不断，理还乱”的妙处。

菩萨蛮

其一

罗裾薄薄秋波染[1]，眉间画时山两点[2]。相见绮筵时，深情暗共知。

翠翘云鬓动，敛态弹金凤。宴罢入兰房，邀人解珮珰[3]。

其二

罗衣隐约金泥[4]画，玳筵一曲当秋夜。声颤觑人娇，云鬓袅翠翘。

酒醺红玉[5]软，眉翠秋山远。绣幌麝烟沉，谁人知两心？

1　秋波染：如碧波之色染成，即深蓝色。
2　山两点：指眉画得如远山两点，眉色美丽。
3　珮珰：指代妆束。
4　金泥：涂金色。
5　红玉：指女子脸色。

满宫花

雪霏霏[1]，风凛凛[2]，玉郎何处狂饮？醉时想得纵风流，罗帐香帷鸳寝。

春朝秋夜思君甚，愁见绣屏孤枕。少年何事负初心？泪滴缕金双衽[3]。

1 霏霏：雨雪密布纷飞的样子。

2 风凛凛：北风凛冽。

3 衽：本为衣襟。这里的“双衽”指“双袖”。

木兰花

小芙蓉，香旖旎，碧玉堂深清似水。闭宝匣，掩金铺，倚屏拖袖愁如醉。

迟迟好景烟花媚[1]，曲渚鸳鸯眠锦翅。凝然愁望静相思，一双笑靥嚬香蕊[2]。

1 烟花媚：烟花，雾霭中的花朵。

2 香蕊：酒窝上的妆饰。

玉楼春

其一

寂寂画堂梁上燕，高卷翠帘[1]横数扇。一庭春色恼人来，满地落花红几片。

愁倚锦屏低雪面[2]，泪滴绣罗金缕线。好天凉月尽[3]伤心，为是[4]玉郎长不见。

其二

轻敛翠蛾呈皓齿，莺啭一枝花影里。声声清迥遏行云[5]，寂寂画梁尘暗起。

玉斝[6]满斟情未已，促坐[7]王孙公子醉。春风筵上贯珠匀[8]，艳色韶颜[9]娇旖旎。

1 翠帘：窗帘。
2 雪面：粉面，意为面目白皙。
3 尽：犹“竟”。
4 为是：因是。
5 遏（è）行云：阻遏行云，比喻歌声响亮美妙。
6 玉斝（jiǎ）：古代盛酒的器皿，圆口，三足。
7 促坐：促使在座者。
8 贯珠匀：形容歌声如串珠那般圆润连续。
9 艳色韶颜：指女子美丽的容颜。

诉衷情

其一

高歌宴罢月初盈[1]，诗情引恨情。烟露冷，水流轻，思想梦难成。

罗帐袅香平，恨频生。思君无计睡还醒，隔层城[2]。

其二

春深花簇小楼台，风飘锦绣[3]开。新睡觉[4]，步香阶，山枕印红腮。

鬓乱坠金钗，语檀[5]偎。临行执手重重嘱，几千回。

1 月初盈：月初圆。

2 层城：城楼重重。

3 锦绣：指帐子。

4 新睡觉：刚刚睡醒。

5 檀：檀郎，代指情郎。

其三

银汉云晴玉漏长，蛩声悄画堂。筠[1]簟冷，碧窗凉，红蜡泪飘香。

皓月泻寒光[2]，割人肠。那堪独自步池塘，对鸳鸯。

其四

金风[3]轻透碧窗纱，银釭焰影斜。欹枕卧，恨何赊[4]，山掩小屏霞。

云雨别吴娃[5]，想容华。梦成几度绕天涯，到君家。

1 筠（yún）：竹子的青皮。

2 泻寒光：洒下清冷的光。

3 金风：秋风。古时以阴阳五行来配季节演变，秋属金，故称秋风为金风。

4 赊：悠远无尽之意。

5 吴娃：泛指吴地的美女。

其五

春情满眼脸红绡[1]，娇妒[2]索人饶[3]。翠靥小，玉珰[4]摇，几共[5]醉春朝。

别后忆纤腰，梦魂劳。如今风叶又萧萧，恨迢迢。

1 红绡：形容面色红润细腻。

2 娇妒：娇美、妩媚。

3 饶：怜爱。

4 珰：耳朵上垂的珠饰。

5 几共：屡次相共。

生查子

其一

烟雨晚晴天，零落花无语。难话此时心，梁燕双来去。
琴韵[1]对薰风[2]，有恨和情抚。肠断断弦频[3]，泪滴黄金缕[4]。

其二

寂寞画堂空，深夜垂罗幕。灯暗锦屏欹，月冷珠帘薄。
愁恨梦难成，何处贪欢乐？看看[5]又春来，还是长萧索[6]。

1 琴韵：琴声。
2 薰风：香风。
3 断弦频：由于心情痛苦而使琴弦连连折断。
4 黄金缕：谓衣上所饰也。一为古曲名。
5 看看：看着看着，说明已多次虚度春日。
6 长萧索：久凄凉。

黄钟乐

池塘烟暖草萋萋，惆怅闲宵含恨，愁坐思堪迷。遥想玉人情事远，音容浑[1]似隔桃溪[2]。

偏记同欢秋月低，帘外论心[3]花畔，和醉[4]暗相携。何事春来君不见？梦魂长在锦江西。

1 浑：全然、简直。

2 桃溪：即桃花源。桃花源是虚构的与世隔绝的理想境界。这里用此典表示难以相见。

3 论心：谈心。

4 和醉：共醉。

渔歌子

柳如眉，云似发，蛟绡[1]雾縠[2]笼香雪[3]。梦魂惊，钟漏歇，窗外晓莺残月。

几多情，无处说，落花飞絮清明节。少年郎，容易别，一去音书断绝。

1 蛟绡：指鲛人所织之丝绸。

2 雾縠：半透明的绉纱。

3 香雪：形容肌肤细腻白净、有香气。

鹿虔扆

鹿虔扆（yǐ）（生卒年不详），五代词人，早年读古诗，看到画壁有周公辅成王图，即以此立志。后蜀进士，累官学士，广政间（约938—950）曾任永泰军节度使、进检校太尉，加太保，人称鹿太保。与欧阳炯、韩琮、阎选、毛文锡一起被称为“五鬼”。

临江仙

其一

金锁重门荒苑静，绮窗愁对秋空。翠华[1]一去寂无踪。玉楼[2]歌吹[3]，声断已随风。

烟月不知人事改，夜阑还照深宫。藕花相向[4]野塘中。暗伤亡国，清露泣香红[5]。

其二

无赖[6]晓莺惊梦断，起来残醉初醒。映窗丝柳袅烟青。翠帘慵卷，约砌[7]杏花零。

一自玉郎游冶去，莲凋月惨[8]仪形。暮天微雨洒闲庭。手挼[9]裙带，无语倚云屏。

1　翠华："翠羽华盖"的省语，皇帝仪仗所用的以翠鸟羽毛装饰的旗子，代指皇帝。
2　玉楼：指宫中楼阁。
3　吹：鼓吹，指用鼓、钲、箫、笳等乐器合奏的乐曲。
4　相向：相对。
5　香红：指藕花。
6　无赖：放刁，无道理。
7　约砌：曲阶。
8　莲凋月惨：喻女子形貌如凋谢之莲、惨淡之月。
9　挼：捻。

女冠子

其一

凤楼琪树[1]，惆怅刘郎一去。正春深，洞里愁空结，人间信莫寻。

竹疏斋殿迥[2]，松密醮坛阴。倚云低首望，可知心[3]？

其二

步虚[4]坛上，绛节霓旌[5]相向。引真仙，玉步摇蟾影[6]，金炉袅麝烟。

露浓霜简[7]湿，风紧羽衣[8]偏。欲留难得住，却归天。

1 琪树：仙境中的玉树。
2 斋殿迥：庙宇幽深。
3 可知心：能知道我的心意吗?
4 步虚：道士诵经之声。
5 绛节霓旌：道士祭神的符节和旗帜。
6 蟾影：月光。
7 霜简：白色竹简，道士所用之手板。
8 羽衣：道士所穿的法衣。

思越人

翠屏欹，银烛背，漏残清夜迢迢。双带绣窠[1]盘[2]锦荐，泪侵花暗香销。

珊瑚枕腻鸦鬟[3]乱，玉纤慵整云散[4]。苦是适来新梦见，离肠争不千断？

1　绣窠：绣的花朵图案。

2　盘：垂落、盘置。

3　鸦鬟：鬟髻的形状。

4　云散：指头发散乱。

虞美人

卷荷[1]香淡浮烟渚，绿嫩擎[2]新雨。琐窗疏透晓风清，象床珍簟[3]冷光轻，水纹平。

九疑[4]黛色屏斜掩，枕上眉心敛。不堪相望病将成，钿昏檀粉泪纵横，不胜情。

1 卷荷：未开的荷花。

2 擎：撑住。

3 象床珍簟：精美的床和垫席。

4 九疑：即九嶷山，今湖南宁远县南，传说舜葬于此。

阎选

阎选（生卒年不详），五代时期后蜀布衣，工小词。与欧阳炯、鹿虔扆、毛文锡、韩琮一起被称为“五鬼”，有八首小词被收入《花间集》。

虞美人

其一

粉融红腻莲房绽，脸动双波[1]慢[2]。小鱼衔玉鬓钗横，石榴裙染象纱[3]轻，转娉婷。

偷期[4]锦浪荷深处，一梦云兼雨[5]。臂留檀印[6]齿痕香，深秋不寐漏初长，尽思量。

其二

楚腰蛴[7]领团香玉[8]，鬓叠深深绿。月蛾星眼[9]笑微颦，柳夭桃艳不胜春，晚妆匀。

水纹簟映青纱帐，雾罩秋波上。一枝娇卧醉芙蓉，良宵不得与君同，恨忡忡。

1 双波：眼波。
2 慢：同“漫”，随意。
3 象纱：一种极轻薄的纱料。
4 偷期：暗自约会。
5 云兼雨：比喻男女合欢。
6 檀印：口红的印记。
7 蛴：蛴蛴，木中的蝎虫，体白而长，以比喻女子颈项。
8 团香玉：形容肌肤白嫩而有光泽。
9 月蛾星眼：如弯月之眉，如明星之眼。

临江仙

其一

雨停荷芰[1]逗浓香，岸边蝉噪[2]垂杨。物华[3]空有旧池塘。不逢仙子，何处梦襄王？

珍簟对欹鸳枕[4]冷，此来尘暗凄凉。欲凭危槛恨偏长。藕花珠缀，犹似汗凝妆。

其二

十二高峰天外寒，竹梢轻拂仙坛。宝衣行雨在云端。画帘深殿，香雾冷风残。

欲问楚王何处去，翠屏犹掩金鸾[5]。猿啼明月照空滩。孤舟行客，惊梦亦艰难。

1 芰（jì）：菱。
2 噪：指蝉鸣叫。
3 物华：美好的景物。
4 鸳枕：即鸳鸯枕，男女共用的枕头，共有一对。
5 金鸾：皇帝的车驾。

浣溪沙

寂寞流苏冷绣茵，倚屏山枕惹香尘，小庭花露泣浓春。

刘阮信[1]非仙洞客，嫦娥终是月中人，此生无路访东邻[2]。

1 信：诚然。

2 东邻：借代为美女。

八拍蛮

其一

云锁嫩黄烟柳细，风吹红蒂雪梅残。光景不胜闺阁[1]恨，行行坐坐[2]黛眉攒[3]。

其二

愁锁黛眉烟易惨，泪飘红脸粉难匀。憔悴不知缘底[4]事，遇人推道[5]不宜春。

1 闺阁：代指女子。

2 行行坐坐：空虚无聊，行坐不安。

3 攒（cuán）：聚集，这里指皱眉。

4 底：何，疑问代词。

5 推道：推说，托词。

河传

秋雨，秋雨，无昼无夜，滴滴霏霏[1]。暗灯凉簟怨分离，妖姬[2]，不胜悲。

西风稍[3]急喧窗竹，停又续。腻[4]脸悬双玉[5]。几回邀约雁来时，违期，雁归人不归。

1 霏：飘扬。
2 姬：美女。
3 稍：逐渐，渐渐。
4 腻：光滑。
5 双玉：两行泪。

尹鹗

尹鹗（约 896—？），成都人，工诗词，事前蜀后主王衍，为翰林校书。累官至参卿，也称尹参卿。性滑稽，与李珣友善，作品风格与柳永相近，今存词十七首。

临江仙

其一

一番[1]荷芰生池沼，槛前风送馨香，昔年于此伴萧娘。相偎伫立，牵惹叙衷肠。

时逞笑容[2]无限态，还如菡萏争芳。别来虚遣思悠飏，慵窥[3]往事，金锁小兰房。

其二

深秋寒夜银河静，月明深院中庭。西窗幽梦等闲成。逡巡觉后，特地恨难平。

红烛半消残焰短，依稀暗背[4]银屏。枕前何事最伤情？梧桐叶上，点滴露珠零。

1 一番：一片。
2 逞笑容：展露笑容。
3 慵窥：懒于回顾。
4 暗背：灯火熄灭。

满宫花

月沉沉，人悄悄，一炷后庭香袅。风流帝子[1]不归来，满地禁花慵扫。

离恨多，相见少，何处醉迷三岛[2]？漏清宫树子规啼，愁锁碧窗春晓。

1 帝子：指妃子。

2 三岛：泛指仙境。

杏园芳

严妆[1]嫩脸花明，教人见了关情。含羞举步越罗轻，称娉婷。

终朝咫尺窥香阁，迢遥似隔层城。何时休遣[2]梦相萦，入云屏。

1 严妆：认真地装扮。

2 休遣：不让。

醉公子

暮烟笼藓砌，戟门[1]犹未闭。尽日醉寻春，归来月满身。

离鞍偎绣袂，坠巾花乱缀。何处恼[2]佳人，檀痕衣上新。

1 戟（jǐ）门：显贵人家的门。唐代制度规定：官、阶、勋俱三品得立戟于门。

2 恼：逗引，撩拨。

菩萨蛮

陇云暗合秋天白，俯窗独坐窥烟陌。楼际角重吹，黄昏方醉归。

荒唐难共语，明日还应去。上马出门时，金鞭莫与伊。

毛熙震

毛熙震（生卒年不详），曾为后蜀秘书监，擅写词，辞多华丽，今存二十九首。

鱛 シヤジ

浣溪沙

其一

春暮黄莺下砌前，水晶帘影露珠悬，绮霞[1]低映晚晴天。
弱柳万条垂翠带，残红满地碎香钿，蕙风[2]飘荡散轻烟。

其二

花榭[3]香红烟景[4]迷，满庭芳草绿萋萋，金铺[5]闲掩绣帘低。
紫燕一双娇语碎，翠屏十二晚峰齐，梦魂销散醉空闺。

1 绮霞：彩霞。
2 蕙风：香风。
3 花榭：花坛。榭：台榭。
4 烟景：春日佳景。
5 金铺：门上的饰物，用以衔门环，此借代为门。

其三

晚起红房[1]醉欲销，绿鬟云散袅金翘[2]，雪香花语[3]不胜娇。

好[4]是向人柔弱处，玉纤时急绣裙腰，春心牵惹转无聊。

其四

一只横钗坠髻丛[5]，静眠珍簟起来慵，绣罗红嫩抹[6]酥胸。

羞敛细蛾魂暗断，困迷无语思犹浓，小屏香霭碧山重。

1 红房：华丽的房间。
2 金翘：首饰的一种。
3 雪香花语：形容女子娇态。
4 好：有“常”“多”的意思。
5 坠髻丛：坠落在散乱的鬓发中。
6 抹：掩住、贴住。

其五

云薄罗裙绶带长，满身新裛[1]瑞龙香，翠钿斜映艳梅妆。

佯不觑人空婉约，笑和娇语太猖狂[2]，忍教牵恨暗形相[3]。

其六

碧玉冠轻袅燕钗，捧心[4]无语步香阶，缓移弓底绣罗鞋。

暗想欢娱何计好？岂堪期约有时乖！日高深院正忘怀。

1 裛（yì）：或作“浥”，沾染、浸湿之意。

2 猖狂：放任而无拘束，这里指撒娇。

3 暗形相：偷偷地瞧。

4 捧心：两手敛袖抱胸，表示病态或娇态。

其七

半醉凝情卧绣茵[1]，睡容无力卸罗裙，玉笼鹦鹉厌听闻。

慵整落钗金翡翠，象梳欹鬓月生云，锦屏绡幌[2]麝烟熏。

1　绣茵：绣垫褥。

2　绡（xiāo）幌：用薄绸做的幔帘。

临江仙

其一

南齐天子[1]宠婵娟[2]，六宫罗绮[3]三千。潘妃娇艳独芳妍。椒房兰洞，云雨降神仙。

纵态迷欢心不足，风流可惜当年。纤腰婉约步金莲。妖君倾国，犹自至今传。

其二

幽闺欲曙闻莺啭，红窗月影微明。好风频谢[4]落花声。隔帷[5]残烛，犹照绮屏筝。

绣被锦茵眠玉[6]暖，炷香斜袅轻烟。淡娥羞敛不胜情。暗思闲梦，何处逐云行？

1 南齐天子：南朝齐东昏侯。
2 婵娟：指潘妃。
3 罗绮：代指宫女。
4 频谢：频频吹落。
5 隔帷：帷帐外。
6 眠玉：睡眠中的女子。

更漏子

其一

秋色清，河影[1]淡，深户烛寒光暗。绡幌碧，锦衾红，博山香炷融。

更漏咽，蛩鸣切，满院霜华如雪。新月上，薄云收，映帘悬玉钩。

其二

烟月寒，秋夜静，漏转金壶初永。罗幕下，绣屏空，灯花结碎红[2]。

人悄悄，愁无了，思梦不成难晓。长忆得，与郎期[3]，窃香私语[4]时。

1　河影：银河影。

2　碎红：形容灯花散开之状。

3　期：约会，做动词用。

4　窃香私语：指男女幽会偷情之事。

女冠子

其一

碧桃红杏，迟日媚笼光影。彩霞深，香暖薰莺语，风清引鹤音。

翠鬟冠[1]玉叶[2]，霓袖捧瑶琴。应共吹箫侣[3]，暗相寻。

其二

修蛾[4]慢脸[5]，不语檀心一点，小山妆[6]。蝉鬓低含绿，罗衣淡拂黄。

闷来深院里，闲步落花傍。纤手轻轻整，玉炉香。

1 冠：戴，做动词用。
2 玉叶：头上戴的饰物。
3 吹箫侣：指萧史和弄玉。
4 修蛾：细长的眉毛。
5 慢脸：较瘦长的脸。慢，长，有清秀之意。
6 小山妆：妇女发型之一，发髻高耸如小山形。

清平乐

春光欲暮[1]，寂寞闲庭[2]户。粉蝶双双穿槛[3]舞，帘卷晚天疏雨。

含愁独倚闺帏[4]，玉炉烟断香微。正是销魂时节，东风满树花飞。

1　欲暮：即将逝去。

2　闲庭：寂静的庭院。

3　槛：栏杆，这里指亭栏。

4　闺帏：此指闺房。

南歌子

其一

远山愁黛碧，横波[1]慢脸明。腻香红玉茜罗轻，深院晚堂人静，理[2]银筝。

鬓动行云影，裙遮点屐声[3]。娇羞爱问曲中名，杨柳杏花时节，几多情。

其二

惹恨还添恨，牵肠即断肠。凝情不语一枝芳[4]。独映画帘闲立，绣衣香。

暗想为云女[5]，应怜傅粉郎[6]。晚来轻步出闺房。髻慢钗横无力，纵猖狂。

1 横波：喻眼波。

2 理：弹奏。

3 点屐声：木屐着地的声音。

4 一枝芳：指女子沉静不语如一枝鲜花。

5 为云女：指巫山神女，旦为行云，暮为行雨。这里指多情美女。

6 傅粉郎：施粉于面的美少年。

河满子

其一

寂寞芳菲[1]暗度，岁华如箭堪惊。缅想旧欢多少事，转添春思难平。曲槛丝垂金柳，小窗弦断银筝。

深院空闻燕语，满园闲落花轻。一片相思休不得，忍教长日愁生。谁见夕阳孤梦？觉来[2]无限伤情。

其二

无语残妆淡薄，含羞亸袂[3]轻盈。几度香闺眠过晓[4]，绮窗疏日微明。云母帐中偷惜，水晶枕上初惊。

笑靥嫩疑花坼，愁眉翠敛山横。相望只教添怅恨，整鬟时见纤琼[5]。独倚朱扉闲立，谁知别有深情？

1 芳菲：比喻美好的青春。
2 觉来：清醒过来。
3 亸袂：垂袖。
4 眠过晓：睡过了早晨。
5 纤琼：纤细如玉的手指。

小重山

梁燕双飞画阁前，寂寥多少恨，懒孤眠。晓来闲处想君怜。红罗帐，金鸭冷沉烟。

谁信损婵娟，倚屏啼玉箸[1]，湿香钿。四肢无力上鞦韆。群花谢，愁对艳阳天。

1　玉箸：晶莹的泪行。

定西番

苍翠浓阴满院，莺对语，蝶交飞，戏蔷薇。

斜日倚栏风好，余香出绣衣。未得玉郎消息，几时归？

木兰花

掩朱扉，钩翠箔[1]，满院莺声春寂寞。匀粉泪，恨檀郎，一去不归花又落。

对斜晖，临小阁，前事岂堪重想着。金带[2]冷，画屏[3]幽，宝帐慵熏兰麝薄。

1 翠箔：翠色帘幕。

2 金带：枕头上的装饰物，这里指枕头。

3 画屏：床头上的枕屏。

后庭花

其一

莺啼燕语芳菲节[1]，瑞庭花发。昔时欢宴歌声揭[2]，管弦清越。

自从陵谷[3]追游歇，画梁尘黦[4]。伤心一片如珪月[5]，闲锁宫阙。

其二

轻盈舞妓含芳艳，竞妆新脸。步摇[6]珠翠修蛾敛，腻鬟云染。

歌声慢发开檀点，绣衫斜掩。时将纤手匀红脸，笑拈金靥[7]。

1 芳菲节：春光明媚的时节。

2 揭：举，扬。

3 陵谷：暗喻变迁、改变。

4 黦（yuè）：黄黑色。

5 珪月：玉色的月亮。

6 步摇：古时妇女的一种首饰。多为贵族妇女所戴。

7 笑拈金靥：含笑而以手指弄靥饰。

其三

越罗小袖新香蒨[1]，薄笼金钏[2]。倚栏无语摇轻扇，半遮匀面[3]。

春残日暖莺娇懒，满庭花片。争不教人长相见？画堂深院。

1 蒨：大红色，同“茜”。

2 薄笼金钏：薄纱笼着戴金钏的手腕。

3 匀面：面上涂脂粉。

酒泉子

其一

闲卧绣帷，慵想万般情宠。锦檀偏，翘股[1]重，翠云欹[2]。

暮天屏上春山碧。映香烟雾隔。蕙兰心，魂梦役[3]，敛蛾眉。

其二

钿匣舞鸾，隐映艳红修碧。月梳斜，云鬓腻，粉香寒。

晓花微敛轻呵展，袅钗金燕软。日初升，帘半卷，对妆残[4]。

1 翘股：金钗之类的首饰。
2 翠云欹：鬟髻偏斜。
3 魂梦役：被梦魂中的情感所牵役。
4 对妆残：指对镜理宿妆。

菩萨蛮

其一

梨花满院飘香雪[1]，高楼夜静风筝[2]咽。斜月照帘帷，忆君和梦稀[3]。

小窗灯影背，燕语惊愁态。屏掩断香[4]飞，行云[5]山外归。

其二

绣帘高轴[6]临塘看，雨翻荷芰真珠散。残暑晚初凉，轻风渡水香。

无聊悲往事，争奈牵情思。光景[7]暗相催，等闲秋又来。

1 香雪：指梨花。

2 风筝：悬挂于檐间的金属片，也称“铁马”“风铁”“风琴”，俗呼“风马儿”。

3 和梦稀：连梦也稀少了。

4 断香：阵阵的香气。

5 行云：喻远行的情人。

6 高轴：高卷。轴，帘轴，此做动词用。

7 光景：时光。

其三

天含残碧融春色，五陵[1]薄幸无消息。尽日掩朱门，离愁暗断魂。

莺啼芳树暖，燕拂回塘满。寂寞对屏山[2]，相思醉梦间。

1 五陵：汉高帝长陵、惠帝安陵、景帝阳陵、武帝茂陵、昭帝平陵。都在渭水北岸今咸阳附近，因地近都城长安，有很多富豪，风俗奢纵。

2 屏山：屏风上的山景。

李珣

李珣（855—930），字德润，晚唐词人。著有《琼瑶集》，今存词五十四首。

浣溪沙

其一

入夏偏宜淡薄妆，越罗衣褪郁金黄，翠钿檀注[1]助容光。

相见无言还有恨，几回拚却[2]又思量，月窗香径梦悠飏[3]。

其二

晚出闲庭看海棠，风流[4]学得内家妆[5]，小钗横戴一枝芳。

镂玉梳斜云鬓腻，缕金衣透雪肌香，暗思何事立残阳？

1 檀注：涂口红。

2 拚却：抛弃。意思是赌气要与之断绝。

3 梦悠飏：梦境迷离，有飘飘然之感。

4 风流：风韵。

5 内家妆：皇宫内的妆束，即宫女们的妆扮模样。

其三

访旧伤离欲断魂，无因[1]重见玉楼人，六街[2]微雨镂香尘。
早为[3]不逢巫峡梦，那堪[4]虚度锦江春？遇花倾酒莫辞频。

其四

红藕花香到槛频，可堪闲忆似花人，旧欢如梦绝音尘。
翠叠画屏山隐隐，冷铺纹簟水潾潾，断魂何处一蝉新[5]？

1 无因：没有机缘。
2 六街：唐代长安城中左右有六条大街。此泛指繁华的闹市。
3 早为：已经是。
4 那堪：怎堪，怎能禁受。
5 一蝉新：突然响起一声蝉鸣。

渔歌子

其一

楚山青，湘水绿，春风淡荡[1]看不足。草芊芊，花簇簇，渔艇棹歌[2]相续。

信[3]浮沉，无管束，钓回乘月归湾曲。酒盈尊，云满屋，不见人间荣辱。

其二

荻[4]花秋，潇湘夜，橘洲佳景如屏画。碧烟中，明月下，小艇垂纶[5]初罢。

水为乡，蓬作舍，鱼羹稻饭常餐也。酒盈杯，书满架，名利不将心挂。

1 淡荡：水动荡的样子，此指风吹不动。

2 棹歌：渔歌。

3 信：任由。

4 荻（dí）：多年生草本植物，秋季抽生草黄色扇形圆锥花序，生长在路边和水旁。

5 纶：较粗的丝线，常指钓鱼线。

其三

柳垂丝，花满树，莺啼楚岸春山暮。棹轻舟，出深浦，缓唱渔歌归去。

罢垂纶，还酌醑[1]，孤村遥指云遮处。下长汀，临浅渡，惊起一行沙鹭。

其四

九疑山，三湘水，芦花时节秋风起。水云间，山月里，棹月穿云[2]游戏。

鼓清琴，倾绿蚁[3]，扁舟自得逍遥志。任东西，无定止，不议人间醒醉。

1 醑（xǔ）：美酒。

2 棹月穿云：指月和云倒映水中，舟行其上，棹点水中月，舟穿水中云。

3 绿蚁：酒。

巫山一段云

其一

有客经巫峡，停桡向水湄[1]。楚王曾此梦瑶姬，一梦杳无期。

尘暗珠帘卷，香销翠幄垂。西风回首不胜悲，暮雨洒空祠。

其二

古庙依青嶂，行宫枕碧流。水声山色锁妆楼，往事思悠悠。

云雨朝还暮，烟花[2]春复秋。啼猿[3]何必近孤舟，行客自多愁。

1 水湄（méi）：岸边，水与草相接合处。
2 烟花：泛指自然界艳丽的景物。
3 啼猿：巫峡多猿，猿声凄厉如啼。

临江仙

其一

帘卷池心小阁虚，暂凉闲步徐徐。芰荷经雨半凋疏。拂堤垂柳，蝉噪夕阳余。

不语低鬟[1]幽思远，玉钗斜坠双鱼[2]。几回偷看寄来书。离情别恨，相隔欲何如？

其二

莺报[3]帘前暖日红，玉炉残麝犹浓。起来闺思尚疏慵。别愁春梦，谁解此情悰？

强整娇姿临宝镜，小池一朵芙蓉。旧欢无处再寻踪，更堪回顾，屏画九疑峰[4]。

1 低鬟：低头。

2 双鱼：钗上的花饰。

3 莺报：莺啼报晓。

4 九疑峰：九嶷山色，指画屏上所绘。

南乡子

其一

烟漠漠[1]，雨凄凄，岸花零落鹧鸪啼。远客扁舟临野渡，思乡处，潮退水平[2]春色暮。

其二

兰棹举，水纹开，竞携藤笼采莲来。回塘深处遥相见，邀同宴，绿酒一卮红上面。

1 漠漠：烟雾迷蒙的样子。
2 水平：水面平静。

其三

归路近，扣舷歌，采真珠[1]处水风多。曲岸小桥山月过，烟深锁，豆蔻花垂千万朵。

其四

乘彩舫[2]，过莲塘，棹歌惊起睡鸳鸯。游女带香偎伴笑，争窈窕，竞折团荷遮晚照[3]。

1 真珠：珍珠。
2 彩舫（fǎng）：画舫，一种五彩缤纷的船。
3 晚照：夕阳的余晖。

其五

倾绿蚁，泛[1]红螺[2]，闲邀女伴簇笙歌。避暑信船[3]轻浪里，闲游戏，夹岸荔枝红蘸水。

其六

云带雨，浪迎风，钓翁回棹碧湾中。春酒香熟鲈鱼美，谁同醉？缆却[4]扁舟篷底睡。

1 泛：溢出。
2 红螺：酒杯。
3 信船：纵任小舟漂荡。
4 缆却：以绳系住船。

其七

沙月静，水烟轻，芰荷香里夜船行。绿鬟红脸谁家女？遥相顾，缓唱棹歌极浦[1]去。

其八

渔市散，渡船稀，越南[2]云树望中微。行客待潮天欲暮，送春浦，愁听猩猩啼瘴[3]雨。

1 极浦：远浦，遥远的水边。
2 越南：今闽、粤一带。
3 瘴：南方山林间的湿热蒸汽，可使人致病。

其九

拢云髻，背犀梳[1]，焦红[2]衫映绿罗裾。越王台下春风暖，花盈岸，游赏每邀邻女伴。

其十

相见处，晚晴天，刺桐花下越台前。暗里回眸深属意[3]，遗双翠，骑象背人[4]先过水。

1 犀梳：以犀角制作的梳子。

2 焦红：即“蕉红”，用红蕉花染成的深红色。

3 属（zhǔ）意：留情，暗含情意。

4 背（bèi）人：指避开别人。

女冠子

其一

星高月午[1]，丹桂青松深处。醮坛开，金磬敲清露，珠幢立翠苔。

步虚声[2]缥缈，想象思徘徊。晓天归去路，指蓬莱[3]。

其二

春山夜静，愁闻洞天[4]疏磬。玉堂虚。细雾垂珠珮，轻烟曳翠裾。

对花情脉脉，望月步徐徐。刘阮[5]今何处？绝来书[6]。

1 月午：月挂中天，即午夜。
2 步虚声：道士诵经之声。
3 蓬莱：指海上仙岛。
4 洞天：仙人所住处，多位于山洞，道家称之为洞天。
5 刘阮：刘晨、阮肇二人。泛指思念的情郎。
6 绝来书：指刘阮一去，连信也未见寄来。

酒泉子

其一

寂寞青楼，风触绣帘珠碎撼[1]。月朦胧，花暗淡，锁春愁。

寻思往事依稀梦，泪脸露桃红色重。鬓欹蝉[2]，钗坠凤，思悠悠。

其二

雨渍花零，红散香凋池两岸。别情遥，春歌断，掩银屏。

孤帆早晚离三楚，闲理钿筝[3]愁几许。曲中情，弦上语，不堪听。

1 珠碎撼：指帘上的珠翠零乱地摇动。
2 鬓欹蝉：蝉鬓倾斜。
3 钿筝：以金箔所饰的筝。

其三

秋雨联绵，声散败荷丛里。那堪深夜枕前听，酒初醒。

牵愁惹思更无停，烛暗香凝[1]天欲曙。细和[2]烟，冷和雨，透帘旌。

其四

秋月婵娟[3]，皎洁碧纱窗外。照花穿竹冷沉沉，印池心。

凝露滴，砌蛩吟，惊觉谢娘残梦。夜深斜傍枕前来，影徘徊[4]。

1 香凝：香已灭。

2 和：含着，夹着。

3 婵娟：形容形态美好。

4 徘徊：依恋不舍的样子。

望远行

其一

春日迟迟思寂寥，行客关山路遥。琼窗时听语莺娇，柳丝牵恨[1]一条条。

休晕[2]绣，罢吹箫，貌逐残花暗凋。同心犹结旧裙腰，忍辜风月度良宵。

其二

露滴幽庭落叶时，愁聚萧娘柳眉。玉郎一去负佳期，水云迢递雁书迟。

屏半掩，枕斜欹，蜡泪无言对垂。吟蛩断续漏频移[3]，入窗明月鉴[4]空帷。

1 牵恨：引起闺怨。

2 晕（yùn）：晕气，日光所发出的彩色光气，此指用彩线绣花，使其色柔美如晕。

3 漏频移：时光一刻刻在消逝。

4 鉴：照。

菩萨蛮

其一

回塘风起波纹细，刺桐花里门斜闭。残日照平芜[1]，双双飞鹧鸪。

征帆何处客？相见还相隔[2]。不语欲魂销，望中[3]烟水遥。

其二

等闲将度三春[4]景，帘垂碧砌参差影。曲槛日初斜，杜鹃啼落花。

恨君容易[5]处，又话潇湘去。凝思倚屏山，泪流红脸斑。

1　平芜：平展的荒郊。

2　隔：情意不通。

3　望中：视野之内。

4　三春：孟、仲、季三春，即整个春季。或指春季最后一月为“三春”。

5　容易：有“轻易”“不在乎”之意。

其三

隔帘微雨双飞燕，砌花零落红深浅。捻得宝筝[1]调，心随征棹遥。

楚天云外路，动便[2]经年[3]去。香断画屏深，旧欢何处寻？

1 宝筝：精美的筝。

2 便：即，就。

3 经年：经过一年以上。

西溪子

金缕翠钿浮动，妆罢小窗圆梦[1]。日高时，春已老。人来到，满地落花慵扫。无语倚屏风，泣残红。

1 圆梦：推断梦中事，以定凶吉。

虞美人

金笼莺报天将曙，惊起分飞处[1]。夜来潜[2]与玉郎期，多情不觉酒醒迟，失归期[3]。

映花避月遥相送，腻髻偏垂凤。却回[4]娇步入香闺，倚屏无语捻云篦，翠眉低。

1 分飞处：分别处。指莺声惊醒了将要分离的情侣。

2 潜：暗地里。

3 失归期：耽误了回去的时间。

4 却回：返回。

河传

其一

去去，何处？迢迢巴楚，山水相连。朝云暮雨，依旧十二峰前，猿声到客船。

愁肠岂异丁香结[1]？因离别，故国音书绝。想佳人花下，对明月春风，恨应同。

其二

春暮，微雨，送君南浦。愁敛双蛾，落花深处。啼鸟似逐离歌，粉檀珠泪和。

临流更把同心结，情哽咽，后会何时节？不堪回首，相望已隔汀洲，橹声幽[2]。

1 丁香结：丁香的花蕾，含苞不放。

2 橹声幽：摇橹之声已渐幽微，说明舟已远去。

图书在版编目（CIP）数据

花间集 /（后蜀）赵崇祚编；（唐）温庭筠等著. —
成都：四川文艺出版社，2021.7

ISBN 978-7-5411-6020-2

Ⅰ. ①花… Ⅱ. ①赵… ②温… Ⅲ. ①词(文学) —作品集—中国—古代 Ⅳ. ① I222.82

中国版本图书馆CIP 数据核字（2021）第089975 号

HUA JIAN JI

花间集

〔后蜀〕赵崇祚 编 〔唐〕温庭筠等 著

出品人 张庆宁
策划出品 磨铁图书
责任编辑 陈雪媛
特约编辑 胡瑞婷
装帧设计 所以设计馆
责任校对 汪 平

出版发行 四川文艺出版社（成都市槐树街 2 号）
网 址 www.scwys.com
电 话 028-86259287（发行部） 028-86259303（编辑部）
传 真 028-86259306

邮购地址 成都市槐树街 2 号四川文艺出版社邮购部 610031
印 刷 三河市嘉科万达彩色印刷有限公司
成品尺寸 140mm × 210mm 开 本 32 开
印 张 12.5 字 数 138 千
版 次 2021 年 7 月第一版 印 次 2021 年 7 月第一次印刷
书 号 ISBN 978-7-5411-6020-2
定 价 68.00 元